FRAN SANTO

SI NO VUELVO, DILES QUE ME HE IDO

Título: *Si no vuelvo, diles que me he ido*
Autor: Fran Santo
© *Si no vuelvo, diles que me he ido*, Fran Santo, 2023
© de la portada, Belén Saizal, 2023
Corrección: Celia Arias
Maquetación y diseño interior: Celia Arias Servicios Literarios

ISBN: 978-84-09-50523-4

A ti, prisionero, que quedaste atrapado en la oscuridad.
No temas, pues es cuestión de tiempo que tu alma
se adapte a ella y encuentres la luz.
Brilla, amigo mío, por los que quedaron atrás.

1

Aquella mañana, Ángel estaba sentado en la terraza donde solía desayunar una gran taza de café solo acompañado de tres cigarros. Habían pasado casi cinco años desde la última vez que estuvo en aquella mesa, y, si no fuera porque esa misma noche se quitaría la vida, habría parecido que todo seguía igual.

Terminando su segundo cigarro, miró a una pareja de unos veinte años y recordó entonces lo que era tener una larga vida por delante e ilusión, lo que él llamaba «ignorancia». A pesar de sus treinta y ocho, Ángel sentía que tenía el doble y, pese a haber viajado por el mundo, seguía viéndose como un cateto provinciano, como muchas veces le dijeron al llegar a Madrid.

Eran casi las doce y Miguel estaría a punto de llegar, pero Ángel había tirado sus relojes a la basura. No iba a llegar tarde a ningún lado, ya que su muerte vendría temprano o, en cualquier caso, lo haría cuando él quisiera. Disfrutó unos momentos más de las vistas de la plaza de Madrid, cercana a la calle del Prado. Pasaba gente de todo tipo, desde parejas de yonquis que venían de Tirso para pillar en Vallecas hasta ancianas guerrilleras que seguían en su barrio, pese a la gentrificación, y paseaban sus perros minúsculos y sus punzones en la solapa del abrigo para pinchar a los hombres malos. También estaban los músicos con sus guitarras, que se dirigían a ninguna parte, y los camareros que echaban de las terrazas a los mendigos. El aire era madrileño, aunque solo alguien que no fuese de allí, pero que hubiese vivido en la capital, lo entendería. No era la contaminación, la suciedad o la gente: era su conjunto.

Ángel apagó su último cigarro dentro de la taza de café, igual que de costumbre, y se dirigió a la pareja de jóvenes que se besaban con pasión en mitad de la carretera como si el mundo solo existiese para ellos. Decidido, dio unos golpecitos en el hombro del chaval, que lo miró enfadado pero contenido.

—Perdona, ¿tenéis hora? —preguntó con una media sonrisa, consciente de su torpeza.

El chico parecía confuso y su novia miró hacia otro lado. A Ángel le pareció que era por vergüenza, pero no descartó el asco.

—Sí, las doce —respondió el muchacho.

—¿Las doce exactas?

El chico asintió con cabeza y hombros, como si Ángel fuera estúpido.

—¿Seguro? —insistió a la pareja—. Es que necesito saber la hora exacta.

Finalmente, la chica giró la cabeza y descubrió su cara como una actriz de los sesenta, en el que el cabello le quedó perfectamente arreglado, y su gesto, tal como pensaba, era de asco.

—Son las once y cincuenta y sie… —resopló ella.

Les dio las gracias sin mirarlos a la cara y continuó su camino, dejando a la chica a mitad de la frase. Ángel no vio el dedo que la joven le sacó, pero sí a Miguel, apoyado en la pared de una esquina frente a la terraza donde acababa de desayunar. Consultaba el reloj, asegurándose de que marcasen las doce exactas, cuando Ángel le interrumpió hablando en voz alta desde lejos:

—No me lo puedo creer —fingió sorpresa.

Dejó de mirar el reloj y Ángel se dirigió hacia él con los brazos abiertos. Miguel detestaba ese tipo de gestos, pero, dado que hacía cinco años que no lo veía y la intención de Ángel era incomodarle, devolvió de mala gana el abrazo, aunque en el fondo le pareció cálido, necesario y extrañamente familiar. Comprendió que sus gustos habían vuelto a cambiar, al igual que le pasó con las alcachofas, la música pop y ser el centro de las miradas.

—¿Qué coño haces aquí? Estoy ahí enfrente, joder —dijo Ángel, con un entusiasmo que era incapaz de contener. Estaba contento y no tenía intención de disimularlo.

Miguel le dio un apretón de manos a Ángel, pero él volvió a abrazarlo.

—Ya me conoces, solo intento respetar tu espacio —dijo Miguel.

—Claro, respetar mi espacio. —Y le golpeó con suavidad la cabeza, como si llamase a una puerta—. ¡Toc, toc! —se burló Ángel.

Miguel se lo quitó de encima con una brusquedad que no tenía pensada ejercer, así que la compensó con una risa floja y añadió:

—Quita, coño.

—Bueno, ¿qué hacemos? ¿Has preparado algo? ¿Has reservado en algún sitio magnífico que deba conocer antes de morir?

A Miguel le molestaron esas palabras, pero lo disimuló con rapidez y continuó su charla con naturalidad:

—Pues no, la verdad. Solo caminar y, si te apetece, nos tomamos algo donde quieras. Si no, pues no.

—¡Ahá! ¿Echamos un «litro» en el parque entonces? —dijo con sarcasmo.

—Como quieras. ¿Has pensado en alguno?

—¿Cómo quiera?¿Me estás vacilando? —Ángel se tomó unos segundos para decidir si mandarle a la mierda o esquivar su pasotismo—. Vamos, anda. Al final de la calle hay un bar que está bien.

Miguel asintió en silencio y ambos caminaron sin hablar durante un par de calles. Su mirada era esquiva, no podía mirar a Ángel a la cara. Después de todo, estaba ahí porque su viejo amigo le había pedido que quedaran para pasar un último día juntos antes de que se suicidara. Pero odiaba los silencios incómodos, así que los cortó con preguntas banales.

—En fin, ¿cómo va... todo? ¿Sigues escribiendo?

Ángel miraba a su alrededor, como si fuera un turista, y recordó los días en los que se ganaba la vida como dramaturgo. Y también trataba de ignorar a Miguel. Si quería hablar de chorradas, era asunto suyo. Era su último día y no lo iba a perder en un interrogatorio con alguien que sabía hasta cuándo y con quién se desvirgó. Él tenía quince, y ella casi dieciséis, en una fiesta de Nochevieja en casa de un compañero de clase al que perdió la vista hacía muchos años.

—¿Qué? ¡Oh!, no. Qué va, Miguel. Cualquiera pensaría que sí, ¿verdad? No, he estado..., no sé, viajando, meditando... —contestó Ángel, sin pensar demasiado.

—¿Meditando?

—Sí, supongo que en lo que iba a contarte, pero ahora no se me ocurre nada.

—Eso es lo malo de pensar, que te da la sensación de haberlo vivido ya, y cuando lo vas a hacer, te parece aburrido. Como una rutina monótona.

—Puede ser, pero cuéntame. ¿Cómo te va todo?, ¿qué estás haciendo ahora? —preguntó Ángel mientras se frotaba en exceso las manos.

—Bien, bien. Como siempre. Ando aquí y allá, no hay mucho que contar.

Ángel asintió extrañado, ya que cinco años daban para mucho, pero forzó otra pregunta:

—¿Y tienes novia… o novio? ¿O novias? —dijo mientras sonreía.

Miguel devolvió la sonrisa con desgana.

—Alguna ha habido, pero no. Estoy solo ahora. Creo que es mejor así —mintió.

—Mmm, te imaginaba incluso casado ya.

Miguel volvió a asentir con desgana y caminaron en silencio, separados por cierta distancia y con la mirada cabizbaja. Ángel entonces se detuvo.

—Tío, ¿qué coño te pasa?

—Nada, no sé, estoy bien. Estamos aquí, hablando.

—¿Hablando? Estoy hablando yo, y tu respondes tonterías que no… No te entiendo; si no querías venir, haberlo dicho. Tenía ganas de esto, joder. ¿Cuánto tiempo hace que no nos vemos? ¿Un año?, ¿dos, cuatro? No sé, llego y lo primero que haces es esconderte de mí en una puta esquina, como un…

Miguel esquivó la mirada por vergüenza. Le había pillado.

—Ángel, no me estaba…

Miró serio a Miguel, poniendo de manifiesto su mentira.

—No me estaba escondiendo, ¿vale?

Ángel mantuvo su silencio tratando de presionar a Miguel, como tantas veces le funcionó en el pasado.

—Vale, sí —reconoció al fin—. Me estaba escondiendo, ¿y qué?

—¡Lo sabía! Sabía que estabas ahí analizándolo todo —dijo orgulloso de sí mismo.

—No es eso, joder. Es que ha pasado mucho tiempo. No sabía cómo ibas a reaccionar o si te iba a reconocer.

—¿Y por qué no me ibas a reconocer?

—Pues...

Deseaba hablar del suicidio de Ángel, pero el pacto era no hacerlo, así que desistió. Ángel no quería inmiscuirse en nada serio, por lo que comenzó a andar de nuevo. Miguel le siguió unos pasos más atrás.

—Déjalo, ha sido una gilipollez —dijo mientras se unía a Ángel—. Olvídalo.

Y avergonzado pero obligado por su moral, Miguel retomó la conversación:

—A tu pregunta de antes, sí, tengo novia. Pero ella aún no lo sabe.

Ángel no pudo evitar reírse. Y Miguel, al escuchar en voz alta sus propias palabras, hizo lo mismo.

—¿Cómo que no lo sabe? ¿Te la has tirado y no se dio cuenta? ¿La tienes tan pequeña que no...?

—No, coño, no seas tan... tú. ¿Ves? Por eso no quería decirte nada. Ella es mi mujer, pero no sabe ni que existo, aunque ya llegará el momento.

—Di que sí, siempre es mejor dejar para mañana lo que puedes hacer hoy.

—No, es solo que no es tan sencillo, ¿sabes? Además, tu odias las mierdas sensibleras y yo no quiero contártelas. Por primera vez, estamos de acuerdo —dijo Miguel, arrebatándole el orgullo a Ángel.

La falsa normalidad volvió y caminaron juntos, sonriendo por las calles de Madrid. El destino, o la pendiente madrileña, los hizo aterrizar en la plaza de las Cortes, frente al Congreso de los Diputados. Marzo estaba a punto de terminar y eran poco más de las doce, así que el sol impregnaba aquella plaza con unos tonos tan claros y brillantes que por momentos parecía que el color de toda superficie se hubiera esfumado y los obligase a imaginar cómo eran realmente. Por suerte, el sol estaba tras ellos y solo era cuestión de acostumbrarse.

Había un grupo de chavales barbilampiños de gorra ancha que patinaban con *skates* picados en los bordes mientras bebían cerveza a morro de un litro semivacío. El humo de los porros casi hacía poética la estampa, porque se podía ver el Congreso y los dos grandes leones a cada lado de la puerta a través del humo de la marihuana. La única persona que no disfrutaba de aquello era el policía que custodiaba el lugar. Era evidente que odiaba aquel maldito sol, a los malditos chavales con sus malditos *skates* y sus malditos porros. Pero no eran problema de Ángel ni de Miguel los malditos problemas del maldito policía, así que se detuvieron en frente del Congreso para admirarlo.

—¿Sabes? —A Miguel le vino algo a la cabeza—. Me tiré años odiando la figura del león. Cuando era pequeño, un amigo mío, por decirlo de alguna manera, me dijo…

—¡Por Dios! ¿Siempre tienes que contar historias de cualquier mierda que pase a tu alrededor? —interrumpió Ángel, con brusquedad y nada de tacto—. ¿No puedes dejarlo estar y ya? A veces, es mejor contemplar.

Miguel se encogió de hombros y caminó en silencio.

—Vale, como quieras. Tampoco tenía mucha importancia —añadió segundos después—, pero te quejas de que no hablo y, ahora que lo hago, también te viene mal. En fin. ¿Vamos allí y nos ponemos hasta el culo? —dijo con sorna Miguel, señalando el primer bar que le alcanzó la vista.

Ángel solo asintió, consciente de su torpeza, y continuaron caminando.

—Venga, dime. ¿Qué te pasó con el león? —preguntó simulando cansancio Ángel, como el padre que compra chucherías a su hijo para que se calle.

—Déjalo, no tiene importancia.

—¡Vamos, si lo estás deseando!

—Si es que ya se ha perdido el momento, pero es justo de lo que quería hablar, de los momentos que pasan. Y este ya ha pasado.

A Ángel le pareció una excusa y lo miró con pillería.

—Está bien —contestó Miguel con la misma desgana—. De pequeño…

—Por cierto, me crucé con Iván ayer. Cuando…

A Miguel le entraron ganas de matarle y Ángel soltó una risa tonta.

—Vamos, anda, cuenta.

Miguel suspiró durante tres segundos y comenzó su historia:

—Tenía yo unos diez o doce años, y un amigo del que nunca tuve que serlo me dijo: «Tío, tienes los huevos de un león». Y antes de que pudiera sentir alegría alguna por aquel comentario, me soltó: «Pequeños y pegados al culo». Y se descojonó en mi cara.

Ángel también se descojonó, y Miguel volvió a encogerse de hombros. Sonrió por cortesía, pero le estaban hartando ya sus bromas. Aun así, continuó su historia, pues odiaba quedarse a medias.

—Sí, tiene gracia, sí… El caso es que me sentí humillado por aquel entonces. Y me enfadé conmigo mismo por no haberlo visto venir. Pero ahora, al ver esos leones, me ha venido a la mente algo que pensé hace tiempo. Me ofendí por dos razones:

»La primera es que me halagaron tildándome de valiente, cosa que yo no era, ni soy, pero sí quería serlo. La segunda es que ese halago se debe a la imagen que tenemos del león. Y no hace falta documentarse mucho para saber que no es el más valiente de los animales; tal vez el que más impone, pero no el más valiente. En resumidas cuentas, me ofendí por no ser lo que no era, al compararme con algo que no es.

Al terminar la frase, Miguel levantó el mentón, orgulloso de sí mismo. Le encantaba contar historias personales y con moraleja.

—Sí, tú siempre le has dado demasiadas vueltas a las cosas. ¿Qué tienes, cuarenta años ya? —preguntó Ángel.

—Treinta y siete, pero el caso es que… ¿Cómo que cuarenta? Sabes la edad que tengo, me llamaste en mi cumpleaños, joder.

Ángel volvió a reírse de su amigo y añadió:

—¿Ves cómo le das demasiadas vueltas?

—Vale, sí, soy obsesivo, pero escúchame. La moraleja de esto es que solo la madurez nos brinda la magia de convertir lo negativo en positivo. Y no es la madurez en sí misma lo que lo hace, sino experimentar con la vida, estar en distintas situaciones con distintas personas, independientemente de que estas personas y situaciones sean buenas o malas. Todo eso es vida, lo hemos vivido, y podemos ser lo que queramos gracias a esas buenas o malas experiencias, aunque no lo seamos. Somos como nos sentimos y como interpretamos las cosas. Pero para eso hay que vivir.

Miguel se tomó unos segundos antes de continuar. Si bien era cierto que le gustaba poner énfasis a sus soliloquios, esta vez quería que aquellas palabras penetrasen en la mente de Ángel.

—Hay que vivir y saber mirar, ¿no crees? —continuó Miguel.

—Supongo que sí, pero no te puedes pasar la vida mirando todo lo que te rodea como si el universo te dijera algo continuamente. A algunos nos gusta hablar y que se nos escuche, y la verdad absoluta no importa un carajo. Si es a eso a lo que ibas, lo aplaudo. Pero me da que los tiros van más por «cuanto más vivas, más maduro serás, y, por ende, más feliz», ¿no? De esa manera, lo que hoy es negro mañana será blanco, ¿verdad?

—Bueno, sí, o gris, yo qué sé. Lo que digo es que anclarse en uno mismo sin pararse a mirar lo que hay alrededor es una estupidez, es perder la vida por completo. La vida es algo que se te arrebata, no algo que desechar.

Ángel se detuvo en la acera y se esforzó para no poner los ojos en blanco.

—Claro, ¿y cuánto tiempo te has tirado para llegar a esa epifanía? —contestó jocoso—. El tiempo que has meditado sobre vivir y la vida, yo lo he empleado en vivir, Miguel. He viajado, he conocido a esas personas buenas y malas que estabas diciendo, ¿y ahora eres tú el que me da lecciones de vida a mí? No me jodas, anda, vamos a echar unas cervezas. Ese sitio creo que está bien.

Ángel señaló a una cervecería en la calle colindante a la plaza del Congreso y muy cercana a las calles peatonales de la calle Huertas. Miguel, que acababa de recibir una lección de su amigo, aceptó de buen grado la afrenta, ya que le recordó los motivos por los que surgió esa amistad.

—Sabes que no te has librado, ¿verdad? —dijo agudo Miguel, con su pataleta entrañable.

—Sí, lo sé.

Llegaron sonriendo al bar, pero sin mediar palabra. Ambos estaban a gusto con la situación y temían estropear el momento. En la puerta, había unos barriles de madera a modo de mesas altas y se sentaron en la que estaba más cercana a la entrada. Al otro extremo de la puerta, dos adolescentes que no llegarían a los veinte años daban el último trago a una pinta, aunque era difícil saber de cuál bebían, ya que había varios vasos medio vacíos en la mesa. Miguel entró a pedir al bar y Ángel se quedó allí en silencio. Mientras sacaba un cigarrillo, los jóvenes borrachos hablaban con nostalgia, algo raro dada su temprana edad, pero si algo abunda a esa edad son los errores y lo raro. Comentaban el asco con el que bebían cerveza y cómo ahora la adoraban, al igual que le pasaba a Miguel con los abrazos y las alcachofas.

Ángel, que tardaba más de la cuenta en encontrar el mechero, al fin dio con él y prendió su cigarro. Expulsó lentamente el humo, como hacía si quería observar bien lo que le rodeaba. Era una técnica que utilizaba cuando escribía sus obras y buscaba dotar de realismo a la historia. En su mirada contemplativa, se fijaba en los pequeños detalles. Por ejemplo, uno de los jóvenes, a pesar de reír y beber, no dejaba de mirar el móvil; y cuando lo hacía, dejaba de reír por un segundo y le envolvía un aura oscura o de preocupación, no estaba seguro.

Por la misma esquina que llegaron Ángel y Miguel, caminaba una madre con su hija en carricoche. Ella se detuvo en seco para limpiar la mejilla de la pequeña, que había vomitado. La mujer la aseó con delicadeza, mientras los viandantes se apartaban para no perturbar ese lienzo vivo, la estampa era preciosa. Realmente, el sol de aquel día era capaz de disfrazar de arte cualquier situación. La madre terminó de limpiar al bebé, se tocó la zona lumbar, dolorida, y se secó el sudor de la frente. Para ella, aquel sol no la beneficiaba en nada y pensó en como a veces un día nublado no es necesariamente algo negativo. Ángel la siguió con la mirada hasta que se le cruzó un tipo de unos cuarenta, casi de la misma estatura que él, con panza cervecera y de aspecto dejado.

El tipo caminaba rápido, como si llegara tarde a alguna reunión importante. Llevaba varias bolsas de la compra y Ángel no se detuvo en contarlas, pero eran demasiadas para una persona. El tipo se detuvo, dejó las bolsas en el suelo para descansar y miró a Ángel. Parecía humillado: en la lucha contra la rutina, había perdido. Ángel tiró el cigarro en dirección a aquel tipo con tal desprecio que entendió la conversación silenciosa que acababan de tener, volvió a coger las bolsas y se fue a paso acelerado. Ángel sonrió con aires de superioridad.

Dentro del bar, Miguel esperaba en la barra a ser atendido. Nunca supo cómo llamar a un camarero, porque todo gesto le parecía ofensivo para con el trabajador, así que esperaba a que le atendiesen por el mero hecho de estar en la barra. Y sí, siempre tardaban demasiado. Jamás entendió que los camareros no le leyesen la mente y siempre estuvieran enfadados. Aprovechó para revisar su reloj, que estaba torcido, y lo colocó de la forma que él creía correcta. Es decir, que pudiera ver la hora sin tener que girar la cabeza y sin que los demás notasen que la estaba mirando.

Con la ingenuidad que le caracterizaba, Miguel comprobó el reloj y al camarero en un vano intento de que pillase la indirecta. Obviamente, no pasó. De hecho, atendió a unos clientes ruidosos que celebraban la vida con un cubata a aquellas horas tan tempranas. Tras atenderlos, Miguel cogió un vaso de pinta vacío y señaló al camarero que quería dos. El hombre al fin le atendió y Miguel se sumió en sus pensamientos mientras esperaba las bebidas.

2

Miguel estaba en el salón de su casa, un pequeño apartamento en Lavapiés, cercano a la plaza de Tirso de Molina. Constaba apenas de un dormitorio, la salita, un baño y algo parecido a una cocina, aunque se podría confundir por su tamaño con una cárcel turca.

La estancia estaba iluminada con una lámpara de luz tenue tapada por un trapo traslúcido de color verde agua o viridián. El ambiente estaba cargado de humo y de risas ebrias. Bajo un manto polvoriento se apilaban múltiples libros de poesía y filosofía. En una esquina de ese mismo montón, escondidas tras los ejemplares de Dostoyevski, Kafka y Tolstói, estaban las obras completas de Suehiro Maruo, Kentaro Miura y Akira Toriyama. El salón, pese a su escaso tamaño, era acogedor. Había un tocadiscos que le dejó su abuelo antes de morir y una colección de vinilos de *jazz* y *blues*. También contaba con un sitio escondido donde tenía discos de Abba, Billy Joel y Rosalía.

El sofá ocupaba la mayor parte de la estancia —justo en el medio—, rodeado por una pequeña mesa de salón, pequeñas sillas y un pequeño minibar junto al pequeño mueble de la tele, como Miguel lo llamaba. Allí sentados, estaban su novia Laura y sus dos mejores amigos, Carlos y Martín. Miguel reservaba un sillón exclusivo para él mismo, donde solía leer y escribir. En esta ocasión, se había levantado para recitar su última poesía, algo que le estaba costando, ya que eran más de las cinco de la mañana y estaban borrachos desde hacía unas horas.

—*Vació* se *hasía*… Perdón. —Miguel se detuvo avergonzado, incapaz de pronunciar bien—. Vacío se hacía el hastío.

Las carcajadas sonaron en todo Tirso. Miguel pidió silencio y volvió a intentarlo:

Vacío se hacía el hastío,
llenábalo el *whisky* y su rocío,
canciones protesta, drogas de ingesta.
Escoge tu vaso y acércame el mío.

Te contaré la vida perfecta:
miradas clavadas de gente selecta,
sonrisas petrificadas,
aportando ritmo a la balada,
un tipo sentado abrazando la helada,
muriendo por dentro con la espalda recta.

Te hablo de corbatas y escotes,
de diamantes y rubíes,
de grandes alfombras y hombres mediocres.
Te hablo de lunas de tres mil vatios,
de llantos de colirio,
del negro grisáceo,
de ese breve delirio
que tiñe de blanco el ocre.

Te hablo para tu nuca,
que vitorea…

Sonó el móvil de Miguel. Todos exageraron su decepción entre burlas y, al instante, rieron de nuevo.

—Tranquilos, tranquilos, que no os habéis librado —dijo Miguel.

—Ya, si por eso gritamos —respondió Laura, bromeando.

Entre la algarabía de aquella pequeña fiesta, Miguel aprovechó para mirar su móvil. Cuando apareció en la pantalla el nombre de Ángel, su cara se tornó seria. En su cabeza, se esfumaron las risas, el humo y la celebración. Hacía cinco años que no hablaba con él, salvo para las felicitaciones navideñas, cumpleaños y algún comentario cada cierto tiempo prudencial para no acabar la amistad por completo y así evitar esa conversación. Sin mediar palabra, Miguel salió del salón y cogió la llamada en el pasillo.

—¿Sí?

—¿Cómo que sí? ¿No sabes quién soy? —dijo Ángel, con un tono de voz áspero y seco, como si hubiese llorado hasta la saciedad y el agua ya no pudiera llevarse las piedras de ese río.

—Sí, perdona, es que… No sé, no esperaba tu llamada.

—Pues soy yo —suspiró—. ¿Estás liado?

—No, no, tranquilo. ¿Estás bien?

—No, pero eso es lo de menos.

—¿Qué pasa, Ángel?

—Nada, ya te he dicho que… Joder, ¿qué tienes ahí montada en tu casa?

—Nada, nada, espera.

Miguel cerró la puerta del salón.

—¿Qué decías, Ángel?

—Decía que qué tienes montada en tu casa.

—No, eso… Estamos aquí unos amigos, no es nada. ¿Tú estás bien?

—Que sí, joder. ¿Por qué voy a estar mal?

—Pues, hombre, son las cinco de la mañana casi y juraría que estabas llorando.

—Bueno, todos lloramos alguna vez, no pasa nada. Escucha, Miguel, ¿puedes hablar?

—Sí, sí. No me van a echar de menos.

—Bien, pues a ver cómo te digo esto.

El silencio hizo evidentes las dudas y la inseguridad de Ángel para pronunciar las palabras que necesitaba decir. Hacía ruidos con la boca, como si hablase sin voz o ensayase el tono. Una tontería, pues ya había estado haciéndolo una hora entre llantos y *whisky*.

—He decidido que me voy —dijo Ángel finalmente.

—¿Qué te vas? ¿A dónde?

—De este mundo. No sé a dónde exactamente, pero…

—¿Cómo dices?

—Voy a quitarme la vida, Miguel. Y me gustaría que estuvieses conmigo.

—Claro, ¿cómo voy a negarme? Planazo, ¿eh? —dijo con sarcasmo—. Venga, tío, déjate de tonterías.

—Me gustaría pasar un día contigo, echar unas cervezas, comer… o no.

A Ángel se le escapó una leve sonrisa, en parte por nervios, en parte porque le hacía ilusión ver a su amigo, y, en definitiva, por lo ridículo de la situación.

—En fin, recordar viejos tiempos y estar con un amigo. Solo te pido eso —resumió Ángel—. Luego, me tomaré un *whisky* con pastillas y me dormiré.

—P-pero… ¿qué me estás contando? ¿Qué me…?

—Tranquilo, joder. No exageres, que no te estoy pidiendo que me hagas nada. Solo tienes que estar ahí.

—¡¿Pero qué me estás…?!

A Miguel se le atragantaron las palabras. La ansiedad y la frustración fueron partícipes de ello. Consciente de que podían oírle desde el salón, se alejó de la puerta y susurró:

—Pero ¿qué me estás contando, Ángel? ¿Qué me...?

Le costaba controlar la respiración.

—Escucha, no pasa nada si no lo haces, ¿vale? No he tomado esta decisión a la ligera. Lo he meditado mucho y no estoy depresivo ni hostias. Lo voy a hacer igual, estés tú o no, pero me gustaría que estuvieras. Aun así, si no quieres hacerlo, lo entiendo. Sé que es raro y, en fin, no voy a enfadarme ni volveré a por ti por las noches —bromeó Ángel en un vano intento de relajar el ambiente.

—No tiene gracia, joder. Si esto es una broma, puedes irte a tomar por culo.

Por unos instantes, solo se escuchó la respiración de ambos. Miguel caminaba con cuidado por el angosto pasillo, que parecía más corto y más estrecho de lo normal, tratando de calmarse y de que no le escucharan, cosa que le provocaba más ansiedad si cabía.

—¿Lo vas a hacer o no? —dijo tajante su amigo disimulando su desesperación.

Miguel se retiró el móvil de la oreja y se apoyó contra la pared. Cerró los ojos, respiró tres veces de forma pausada, meditó a una velocidad que nunca había experimentado y se acercó el teléfono de nuevo.

—¿Cuándo?

—Mañana te digo algo.

El silencio volvió por un segundo, pesado e incómodo en cada décima. Lucharon las dudas de Miguel contra las intenciones desconocidas de Ángel, muriendo ambos en una batalla inocua en apariencia, pero tremendamente dolorosa en su intimidad.

—Gracias, tío. No sabes lo que... —agregó Ángel.

Miguel colgó el teléfono, volvió a respirar tres veces y entró al salón, encendió las luces y apagó la música. Todos se mostraron extrañados por su actitud y lo expresaron con gestos exagerados por el estado de embriaguez, pero nadie supo qué decir.

—Tenéis que iros, por favor. Tengo cosas que hacer.

—Venga, tío, si son ya las… No sé ni qué hora es —dijo Carlos, con una risa forzada.

El resto, salvo Miguel, también fingieron sus risas. Querían que su anfitrión las notase y dejara de comportarse así. Laura se levantó y trató de calmarlo.

—¿Pasa algo, cariño?

Miguel hizo como que no la escuchó y se dirigió a todos:

—Quiero estar solo, lo estoy pidiendo por favor.

—Pero, macho —dijo Martín.

—¡Fuera, ya! ¡Hostia! ¿No me estáis escuchando o qué mierda pasa?

Las formas ya no eran importantes para Miguel. La amistad y el amor tampoco. Necesitaba soledad, aquella gente tenía que salir de allí. Ya no había amigos ni pareja, sino intrusos que iban a conocer una faceta de Miguel que no quería revelar. No hubo una palabra más por parte de nadie durante treinta segundos, que parecieron trescientos.

—Que os vayáis ya, joder —pidió con un tono más calmado Miguel.

Carlos y Martín se fueron sin decir nada, aunque sus caras hablaron por ellos. Laura lo cogió del brazo, pero él se soltó.

—Cariño, tú también.

—¿Qué?

—Vete, por favor. Ya hablaremos.

—Tú mismo.

Laura cogió su bolso y se fue. Miguel esperó a escuchar la puerta y apagó las luces, se sentó en el sofá y alcanzó una copa semivacía de la mesita del salón. Y él,

que contenía la respiración un segundo si el problema
era leve; dos segundos si era serio; y tres si le sobrepa-
saba, simplemente bebió. Bebió despacio, sin pestañear
y dejando escapar una lágrima, que dio el sabor amargo
que necesitaba aquel trago aguado.

3

Recordando aquella noche, Miguel volvió a dejar escapar una lágrima, pero esta vez no iba a degustar ese manjar, no era su día, ni su momento. La autocompasión estaba fuera de lugar y ya llevaba demasiado tiempo en la barra, y eso que no quería hacer esperar a Ángel.

El camarero interrumpió sus pensamientos cuando le dio un golpe en el hombro al ver que Miguel estaba en su mundo y ya le había servido las cervezas.

—¡Eh! Ya las tienes.

—¿Eh? —dijo despistado Miguel—. Ah, vale. Gracias.

Miguel cogió las cervezas y salió a la puerta. Allí se detuvo, respiró profundamente tres veces, como de costumbre, y se dirigió hacia su amigo. Dejó con naturalidad las cervezas en la mesa y se sentó —iba cogiendo soltura a la hora de aparentar normalidad—. Ángel, que no prestó atención, dio un trago sin mirar a Miguel, que bebía también, y señaló al tipo que perdió la batalla con las bolsas de la compra y que descansaba al final de la calle.

—¿Ves a ese tío?

—¿El de las bolsas? —dijo Miguel, que dejó el vaso en la mesa y se limpió la espuma cervecera de la boca.

—Justo. Pues yo antes era así.

—¿Así cómo?, ¿hacías la compra y ya no?

Ángel sonrió por la inocencia de Miguel, pues hacía tiempo que no la experimentaba.

—No, me refiero a su forma de actuar. Ha comprado mucho más de lo que puede llevar a casa, y muchísimo menos de lo que pueda comer. Lo hace para ahorrar tiempo, seguramente querrá llegar a casa y hacer un par de tareas antes de ver una peli o jugar a la consola lo que queda de día.

—Bueno, es previsor. ¿Qué hay de malo en ello?

—No es previsor, es idiota. Limita todo lo posible el tiempo que pasa en la calle para aumentar al máximo el tiempo en casa. Está malgastando su vida. Podría vivir y jugar, sin estrés, y disfrutar de todo. Solo hay que ser consciente de uno mismo y, partiendo de esa base, exprimir al máximo lo que ofrece la vida. Vida condicionada por nuestra mente y nuestro físico, sí. Pero ¿qué más da? Es como tener hijos con dieciocho para que a los treinta y seis puedas gozar de independencia. ¿No sería mejor disfrutar los treinta y seis y, a partir de ahí, pensar si de verdad quieres tener hijos?

Ángel se tomó unos segundos para sí mismo. Fue consciente de lo profundo de sus palabras, y se había prometido no entrar ahí.

—En fin, vamos a dejarlo, son tonterías —cortó Ángel.

—No, no, me interesa lo que dices. Tienes razón, pero no puedes juzgar la vida de una persona por una única situación sacada de contexto. ¿Quién sabe?, igual va a dar una fiesta o va a preparar una cena con una chica que le gusta y necesita toda la tarde para prepararla.

Consciente de su propia culpa, Ángel dejó de mirar a aquel tipo. Se resignó, con la cabeza agachada, y la alzó con un gesto transformado, con seguridad, como si aún quisiera tener esas conversaciones, como si tuviera treinta años. En definitiva, como si quisiera vivir y esas conversaciones banales fueran relevantes y le dieran sal a la vida.

—Puede, Miguel. En otras circunstancias, tal vez te daría la razón, pero, tal como lo veo ahora, ese tío tiene ansias por sentarse en su sillón y pasar el resto del día allí —continuó Ángel.

—Y si fuera así, ¿qué?

—Pues que está tirando la vida, joder. ¿No te importa que la gente malgaste su vida, su talento, su…?

Miguel se quedó petrificado. Casi sonrió por la ironía de la situación, pero no le salió bien. Fue algo condescendiente. Por suerte para él, Ángel ya estaba comprometido con aquella conversación y no prestó atención a su falta de tacto.

—No lo comprendo, joder —le dijo a Miguel—. Es la historia de siempre: tienes veinte años, eres inmortal, dedicas tu vida a fumar yerba, beber cerveza y follar todo lo que puedas. Así hasta prácticamente los treinta, y, cuando llegas, ya nadie quiere follar contigo porque eres un puto borracho y un fumado. Así que reaccionas y lo dejas, pero, joder, ya tienes treinta putos años. ¿Qué coño vas a hacer ahora? ¿Estudiar? ¿Para qué? Ese puto tren ya pasó, joder. Después de eso, pues toca volver a beber, pero ya no te divierte, te deprime, la yerba te da ansiedad y las chicas te dan miedo. Es… una mierda todo, coño. Irónico tal vez, pero una mierda.

Un silencio incómodo se posó en la mesa. Miguel estaba a punto de estallar, hasta que vio sinceridad en la frustración de Ángel. Podría hacerlo y tenía ganas de ello, pero no era el momento ni el lugar. Si ese iba a ser el último día de vida de su amigo, no lo desperdiciarían hablando de un desconocido.

Ángel bebió su cerveza de un trago, lo que Miguel interpretó como su forma de explotar.

—Eh, ¿estás bien? —dijo Miguel, preocupado.

—Sí, es solo que, no sé, últimamente no dejo de pensar en cómo son las cosas y si podría haber hecho algo para cambiarlas.

—Las cosas vienen como vienen, es una estupidez pensar en ello.

—¿Tú me dices a mí que deje de pensar?

Aquella ironía les hizo gracia a los dos. Por suerte, la incomodidad se esfumó, al menos en apariencia.

—Puede que tengas razón. ¿De verdad lo crees? —preguntó Ángel.

—Sí. Solo podemos aprender de lo que pasa a nuestro alrededor, poco más.

—¿Y qué pasó con Laura?

Miguel apretó los labios, por no apretar la mandíbula y descubrir su enfado.

—Pues lo de Laura… Te lo contaré en otro momento.

—No hay otro momento, Miguel. Me voy esta noche.

—Bueno, pues déjame que vaya un poco más borracho para hablar de eso.

—Claro. —dijo con convicción—. ¿Pedimos otra?

Miguel se bebió la cerveza de un trago como un gesto de amistad. No le dejaría solo ni en la más mínima de las nimiedades.

—Sí, pero vamos a otro sitio.

—¿Por qué? Aquí se está bien.

—Porque vas a estar pensando en el tío de las bolsas y ya tengo bastante con mis obsesiones como para cargar con las tuyas.

Ahí aparecía el verdadero Miguel. La sinceridad de sus palabras hizo brotar la primera carcajada espontánea de Ángel. Ahora sí estaba con su amigo, que es lo que buscaba, y, una vez conseguido, solo le quedaba ponerse en sus manos para ver qué le había preparado.

—Vale, vale —aceptó encantado.

Se levantaron y caminaron sin rumbo aparente.

—¿Has pensado algún sitio? —preguntó Ángel.

—Sí, hay aquí uno cerca que tiene las copas a buen precio.

Ángel, sorprendido gratamente, le cogió de la muñeca para ver la hora en su reloj. Miguel retiró la mano con brusquedad, aunque su amigo hizo caso omiso al gesto.

—¿Copas? —se asombró Ángel—. Si que vas fuerte.

—Si quieres grandes historias, necesitas grandes copas.

—Está bien. Vamos —dijo encantado.

Llegaron a la plaza Jesús y continuaron hasta la calle Santa María. Paseaban en silencio mientras Ángel miraba los edificios como si fuera la primera vez que los veía. Los diseccionaba de un modo que pareciera que no quería olvidarlos. Consciente de su estupidez, ya que iba a morir, pensó en la ironía de aquello y, gracias a ese pensamiento, le vino a la cabeza otra ironía, la que tenía que ver con su amigo.

—¿Sabes, Miguel? No creo que hayas tenido ninguna epifanía con los leones.

—¿No crees que las cosas que nos pasan nos afectan en función de cómo estemos en ese momento? —dijo Miguel rápidamente, sin dejar pasar la oportunidad de hablar de sí mismo.

—Sí, en eso estoy más o menos de acuerdo. Pero no es lo que te ha pasado. A ti te pasa que eres un puto obsesivo de mierda. Y algo que ocurrió hace quince o veinte años no te lo puedes quitar de la cabeza. La única manera que has encontrado para lidiar con esa humillación, que por cierto es una chorrada, ha sido crear una gran historia alrededor de ella. Así no sufriste una humillación, sino una revelación —dijo riendo para sí, sin esperar respuesta—. Y eso te hace más interesante.

—Puede ser —dijo Miguel a regañadientes—. Y quita esa sonrisa de autosuficiencia.

—Claro que lo es —respondió Ángel, manteniendo la sonrisa—. Pero, con epifanía o sin ella, te tomaron el pelo. Fuiste un pringado y seguirás siéndolo.

Ángel hizo notoria su risa y Miguel asintió con resignación. Entonces, abrazó a Miguel por los hombros con una mezcla de firmeza y cautela. No era su intención ofender.

—No te enfades, hombre, que solo era una broma. Tienes que aprender a reírte de ti mismo. Es imposible ser perfecto y vivir sin pasar vergüenza. Entre otras cosas, porque la vida sin esos momentos no sería perfecta, le faltaría algo.

—Claro, dile eso al tipo de la bolsa.

Fue un golpe bajo que Miguel se podía permitir, ya que era su forma de perdonarle y de ser gracioso. Lo consiguió y, con esa estocada final, continuaron su camino hasta un bar desconocido por Ángel. Al llegar, se detuvieron en la puerta.

—Aquí es —dijo Miguel, presentando el sitio como si hubiera encontrado un tesoro.

Era una puerta negra con tonos rojos desgastados. Tenía pequeños carteles en blanco y negro de artistas locales, viejas glorias de la movida madrileña. Había carteles de poetas, saxofonistas, cantautores, exposiciones de arte y hasta uno de *vedettes*. El último sí tenía color. El rótulo del establecimiento estaba apagado, ya que aún era de día, pero daba la impresión de que hacía tiempo que ese luminoso no disfrutaba de una luz que llamase la atención de nadie. Las grietas en la madera de la puerta y las quemaduras de haber apagado cigarrillos confirmaban que era el tipo de local que un artista fracasado como Ángel podría disfrutar.

—Tiene buena pinta. ¿Hay buen ambiente?

—Claro, prácticamente solo lo frecuentan artistas. Escritores y cosas así.

—¡Buff! ¿En serio? No me… —replicó Ángel extendiendo sus manos y negando con la cabeza.

—¡Vamos! ¿Qué problema tienes?

—No sé, no me apetece ese ambiente. Todo el mundo se cree que va a ser el nuevo Bukowski, mirándome por encima por ser una persona «normal». Yo qué sé, paso de eso, de verdad.

—Bueno, tú no eres una persona normal, como dices. Eres escritor.

—Yo no soy una mierda, joder. Escribí cuatro tonterías hace unos años y hubo gente a la que le gustó, pero ya está. Se acabó.

—Pues ya quisiera haber escrito yo esas cuatro tonterías que dices.

—Eso lo dices porque crees que te hace interesante, pero escribir solo te hace desdichado. Es una lucha constante contra la evidencia de que no eres bueno. Y lo peor es que esa evidencia está más latente dentro de uno mismo que en los hipócritas que te halagan.

—Bueno… Gracias —dijo Miguel, sarcástico y ofendido.

—Ya sabes que no lo digo por ti. Siempre has tenido un gusto pésimo para el arte.

La ocurrencia hizo reír a Miguel, y Ángel aprovechó para encender un cigarro y evitar disimuladamente la entrada a aquel bar.

—Antes pensaba que, cuanto más me destrozara, mejor escritor sería —continuó Ángel—. Así que me dediqué a beber y a hincharme a coca en tugurios de mierda. Luego, escribía, pero era basura. Con el ciego, en el momento pensaba que era bueno, pero… Yo qué sé, ojalá pudiera borrarlo todo. Irónicamente, al final más que escribir, la mala vida me llevó a dejarlo.

—¿Y no lo echas de menos?

—Supongo —dijo Ángel, encogiéndose de hombros—. Yo qué sé. En fin, no quiero revivir esa vida entrando aquí.

—¿Y si te digo que se puede fumar?

—Vamos pa dentro —dijo Ángel con una gran sonrisa postiza, mordiendo su cigarro como un *cowboy*—. Bueno, vamos, si viene algún virtuoso, le diré que he leído todos los libros de Coelho y que me gustaron. Así fijo que se irá.

Miguel empujó a Ángel adentro antes de que se arrepintiera.

—Muy bueno *El alquimista, ¿*eh? —dijo Miguel con cachondeo.

—Maravilloso.

Entraron a aquel bar de nombre ilegible y se cerró la puerta tras ellos como si fuera una taberna sacada de un wéstern.

4

Una nube de humo ambientaba aquel antro acogedor. Sonaba *jazz* suave en tono ambiental, pero las voces de la gente absorbían la música y podría estar sonando John Lee Hooker o un novato soplando una trompeta. No importaba, porque el lugar te transportaba a un mundo único, perfecto, donde podían convivir esnobs y plebeyos, siempre y cuando pagaran las copas, respetasen a los demás y tuvieran algo que contar.

El local se dividía en dos zonas: la de entrada —donde había una barra en forma de ele, de roble antiguo y desgastado— y la principal, para beber las copas pedidas y tener una conversación adulta sin interrupciones. En la entrada destacaban tres personas de entre la multitud: Abril, Margarita y Damián. Abril no llegaría a los treinta años y era una morena de pelo liso casi negro y brillante. Con una belleza creciente, como si cada vez que la mirases pareciera más atractiva, pero con una primera impresión más conservadora. Tenía estilo, era seca pero aguda, y caminaba entre la timidez y el descaro. Realmente, uno podría convertirse en pintor simplemente dibujando a aquella mujer de perfil con los focos del local reflejando la mitad de su rostro y su boina ancha.

A Abril la acompañaba Margarita. Tenía un vestido verde y blanco parecido al que luciría Alicia en el País de las Maravillas, combinado con unas Converse Chuck Taylor All Star. Pelo castaño con destellos rubios, grandes pestañas y un flequillo anticuado que sorprendentemente le quedaba bien. Margarita no miraba a nadie ni a nada en particular; lo observaba todo y, al mismo tiempo, a nada. Era curiosidad y pasotismo a partes iguales, era única, con la desdicha de querer pasar desapercibida.

Por último, las acompañaba Damián. Un cliché de poeta andante, vestía con boina y americana de pana con coderas, todo en un tono mezclado de marrón y beis. Algo extraño, dados los veinticuatro años que tenía, pero era algo de lo que él se sentía orgulloso. Bajo aquella boina se escondía un tipo de pelo castaño y dejado, ojos verdes, delgado e hiperactivo.

El camarero les sirvió unas copas a ellos tres y preparó dos cubatas para Ángel y su amigo, que estaban apoyados en la barra junto a aquel grupo pintoresco. Desde allí, Miguel escuchó la conversación que tenían esas tres personas destacables de entre la multitud.

—No se trata tanto de buscar la rima, sino la poesía en sí misma —dijo Damián—. Es encontrar esas palabras que te elevan, que te hacen recordar momentos de tu vida como si estuviesen sucediendo ahora. Eso es poesía. El problema es que la poesía moderna se mira con los ojos de la poesía antigua, y ahí es donde está el error. Los puretas siempre lo joden todo, no se fijan en el mensaje, sino en la forma.

Abril quedó sorprendida y Margarita miró hacia los lados, casi aburrida, como si buscase a algún desconocido con quien irse y no se decidiese.

—No deja de ser una opinión tuya, pero no tiene por qué ser cierta —replicó Abril.

—Mmm, llevo escribiendo desde que tengo uso de razón, así que algo sabré de todo esto. Vamos, digo yo —dijo Damián, con modestia forzada.

—Igual has estado haciéndolo mal toda tu vida, ¿no crees?

Damián se rascó la barbilla tratando de esconder inútilmente su enfado.

—Bueno, Abril, pues dime tú entonces qué es la poesía, ya que eres una erudita.

Margarita rio mientras Damián se daba aires de grandeza. Abril esbozó una sonrisa también, pero con desgana, escarnio y ladeando la cabeza, dubitativa, haciendo varios amagos sutiles y pensando si contestar o no.

—Mira, el problema no es tanto la forma ni el estilo: es el contenido —contestó al fin Abril—. La poesía moderna básicamente es una frase corta de mierda y pretenciosa que se cree más de lo que es.

Alzó el brazo derecho, con una pose de poeta, ridiculizando su figura.

—Es como: «Vida, muerte, dolor. Melancolía, tristeza, venganza» —añadió.

Hizo una breve pausa para enfatizar, como suelen hacer los poetas mediocres, y continuó:

—«Amor. ¿Quién soy entre rayos de luz y oscuridad?». Es una mierda, así sin más. Esto es fruto de la sociedad actual, donde todo va enfocado a facilitar las cosas, a simplificarlo todo «para llegar a más gente y hacerlo más accesible». ¿Pero cómo va a ser accesible algo que te tenga que trastocar por dentro? Es un sinsentido. Luego, tenemos a gente como Juan Ignacio Guerrero, el rapero Juaninacka, para que me entendáis. Sus letras tienen mucho contenido, un contenido increíble, y sí, por supuesto que rima. ¿Sabes por qué? Porque eso es la puta poesía, joder. Si no rima es prosa, y aquí está el meollo de todo: la poesía se ha llenado de gente sin talento para escribir ni en verso ni en prosa. Pero la poesía es más corta, así que me invento un género, digo chorradas y afirmo que soy poeta. Lo peor es que encima se atreven a menospreciar a gente como Juaninacka porque son raperos. Y no termino de entenderlo, ya que el rap como tal está muerto y enterrado, no son un enemigo. Pero ahí estás tú, sacando las garras contra todo el que te lleve la contraria.

Damián no supo replicar algo con sentido y simplemente balbuceó malhumorado. Además, para él, meter en la conversación a un rapero cuando se hablaba de poesía era una herejía. Mientras tanto, Ángel y Miguel se habían ido a la zona central, y el camarero caminó desde la entrada hasta el final de la barra, continuó por la puerta que separaba ambas zonas y llegó a la principal. Ahí la gente hablaba en un tono bajo y no había mucho ruido, a excepción de Ángel —que reía como un descosido— y Miguel, que escupía su último trago a los pies, tosiendo y riendo al mismo tiempo. Algunos clientes los miraron con mala cara. El camarero dejó las copas y se fue sin mediar palabra. Solo él sabía lo que pensaba de aquellos maleducados. Ángel se calmó y pudo continuar su historia.

—Te lo juro. Salí del baño, bajé las escaleras y estuve durante cinco minutos con la polla fuera —contó con vergüenza orgullosa—. No me di cuenta, joder.

Las carcajadas de ambos molestaban al resto de clientes, pero no era algo que les importara. Llevaban ya varias horas bebiendo; para ellos, podían ser las cinco de la mañana o de la tarde. Les daba igual.

—Tío, tendría que haber estado. Te hubiese matado, pero habría pagado por verlo.

—Sí, habría estado bien.

La nostalgia fue la que se posó esta vez en ellos, pero se fue por el mismo lugar del que vino.

—En fin, aparte de dar vergüenza ajena, ¿qué has estado haciendo? —dijo Miguel, risueño.

—No sé. Aquí y allá, viajando. Siempre me ha mosqueado ser español y no conocer España. Ves a los turistas, flipándolo ellos solos, y hace que uno piense: «Joder, igual es que vivo en un gran país y no lo sé».

—Sí que es un gran país. Y también es cierto que no lo sabes.

Volvieron a reír.

—Bueno, es algo que he cambiado. Ahora conozco mi país. Entero.

—¿Y cuál es el veredicto? —preguntó Miguel.

—Es una mierda.

Rieron de nuevo.

—No, en serio. Es precioso. Deberías hacer una ruta algún día.

—Hecho. ¿Algún sitio en especial?

—Bueno, no sé. Estuve mucho tiempo por el sur.

—¿Y eso? Te veía más del norte, con montañas y vacas.

—Sí, y es increíble. Pero odio el puto frío.

De nuevo las risas.

—No sé, necesitaba otro ambiente. Siempre había oído que en el sur son más cercanos y quería algo así.

—¿Y qué tal?

—Gentuza —dijo sin quitar su sonrisa.

Damián, que ahora estaba en una mesa del fondo, con Abril y Margarita, se quedó mirando a Ángel. Miguel mantenía su amabilidad, pero estaba molesto, porque quería saber qué estuvo haciendo su amigo.

—Tío, Ángel, ¿quieres…?

—Vale, vale. Estuve en Granada, por ejemplo. Nada más llegar, ya había gente cantando, alegre… Normalmente, los mandaría a tomar por culo, pero llegas allí con otra actitud, ¿sabes? Creo que allí no se puede ser serio, no te dejan.

Esta vez, solo hubo una sonrisa de Miguel, atento a lo que contaba Ángel.

—El caso es que no pisé un restaurante en todo el viaje. Allí te pides una cerveza y te ponen una pedazo de hamburguesa o albóndigas o… yo qué sé. Igual en sitios más caros pides vino bueno y te regalan caviar.

Aquí sí que volvieron a reír, con la excepción del interés natural de Miguel y la voluntad de seguir de Ángel.

—Bromas aparte —continuó Ángel—, muy bien allí. Me quedé un poco más de tiempo por la vida que se respira. Y tenía la sensación de que era un sueño, una fantasía que se iba a acabar en cualquier momento, y por eso quise extenderlo. Estoy seguro de que de haberme quedado menos tiempo…

Miguel cambió su sonrisa por una mirada profunda y seria.

—Oye, no quiero cortarte, pero tengo que preguntar. ¿Estás seguro de…?

—Sí —respondió sin miramientos.

—¿No puedo hacer nada para…?

—No —concluyó.

Miguel miró a su amigo con una mezcla de frustración y pena, y Ángel solo miraba su copa. El momento ya había pasado. Entonces, Damián se acercó a la mesa con una falta total de oportunidad.

—Perdona, ¿eres Ángel García, el dramaturgo? —dijo Damián con euforia contenida.

Ángel miró extrañado a aquel joven.

—Eh… Supongo que sí.

—¿En serio?

Ángel asintió de la misma forma que le asintieron a él por la mañana cuando pidió la hora a la pareja joven.

Es decir, con burla y resaltando lo obvio de la pregunta.

—¿Podrías firmarme un autógrafo, por favor? —pidió Damián.

—¿Un aut...? ¿Un autógrafo? —dijo sorprendido—. Bueno, tú mismo, no sé por qué quieres eso, pero sí, claro. ¿Tienes...?

Ángel hizo un gesto como si escribiera para indicarle que le prestase un bolígrafo.

—Sí, sí. Un momento —respondió ilusionado Damián.

Fue a su mesa y les dijo a Abril y Margarita que allí estaba Ángel García, aunque no le prestaron atención. Miguel miró a Ángel con orgullo.

—¿Qué? —preguntó Ángel, conociendo la respuesta.

—Nada.

—No, en serio, dime. ¿Qué estás pensando?

—Nada, es solo que me gusta esta situación. Creo que es algo que has buscado mucho tiempo.

—Lo busqué, pero... —dijo mientras Damián se acercaba de nuevo.

Ángel se molestó por la interrupción del muchacho y por la situación. Damián le trajo un bolígrafo y un papel. Ángel lo firmó sin mirar y se lo devolvió.

—Pero hay que saber cuándo parar —continuó Ángel.

—Muchas gracias, de verdad —interrumpió de nuevo Damián—. Es un honor estar en el mismo sitio que un artista de tu talla.

Ángel sonrió algo incómodo, pero entró al trapo:

—¿Estás de coña? Pues guárdalo bien, anda. Igual dentro de poco costará una pasta —dijo con un tono demasiado sarcástico como para que se lo tomase a broma.

Miguel miró a Ángel con una sonrisa más grande si cabía que la de antes. Ángel hizo lo propio, pero no quería que se le notase, así que se tapó la boca disimuladamente. Damián se fue al entender la situación.

—¿Qué? ¿Otra vez esa cara? —preguntó Ángel, molesto.

—Sí, otra vez esa cara. Te encanta todo esto. El reconocimiento, el saber que alguien aprecia tu trabajo. Aunque no eres muy agradecido, todo hay que decirlo, pero por algo se empieza.

—No es para nada como lo pintas. Te estás equivocando totalmente. Pero bueno, no quiero hablar de ello.

—¡Vamos! ¿Cómo que no quieres hablar de ello? Has pasado de llenar salas a... vaciar copas. Algo tendrás que decir.

Ángel se quedó pensativo y, seguidamente, mostró una mirada pícara que le salía cuando daba la vuelta a las cosas y ganaba sin haberlo intentado.

—Mira, te lo cuento y tú me cuentas lo de Laura.

Miguel vaciló a la hora de aceptar, pero accedió. Ángel se acomodó de un modo muy forzado para restregarle su victoria y extendió los brazos para dar el turno de palabra a su amigo.

—Te lo contaré, pero me hacen falta más copas para eso. Así que, mientras me intoxico un poco más, te escucho a ti primero.

—Bueno, es una tontería, Miguel. Mi historia no tiene nada de intere...

Damián le interrumpió, cogiéndole la mano, pero Ángel se la quitó con la menor brusquedad posible. Eso sí, su mirada puso la tensión que evitaba su débil gesto. Damián dio un paso corto hacia atrás, para marcar distancias y se inclinó hacia adelante.

—Lo siento, es que nos vamos ya y me gustaría invitaros a una copa.

—No, gracias. Es un buen gesto, pero hoy no. Hoy solo somos él y yo —respondió Ángel.

Damián lo miró y después a Miguel, esperando un atisbo de esperanza en sus miradas y finalmente poder tomar una copa con Ángel.

—Solo él y yo —intervino Miguel.

—Claro, como Alma y Alejandro en... —expuso Damián con rapidez.

—Sí, bueno, no. No como ellos. No somos pareja ni...

A Ángel casi le hizo gracia la referencia. Damián estaba hablando de una obra que él escribió hacía mucho —aseguraría que fue la primera que compuso, aunque no lo recordaba—. Obviamente, Damián se la mencionó para que supiera que conocía hasta su obra más íntima.

—En fin, gracias de nuevo —continuó Ángel con su negativa—. Ha sido un buen gesto, pero tengo que rechazarlo.

—¿En serio? —insistió Damián.

—De verdad, de verdad que no. Lo siento.

—Bueno, una última cosa.

—¿Qué? —respondió con dureza, harto de la insistencia del joven.

Damián recuperó su posición inicial con un paso y se inclinó un poco más, parecía que estuviera sentado en su mesa.

—Soy escritor, ¿sabes? Siempre he sido muy diferente al resto, lo llevo dentro.

—Claro, como Bukowski —sonrío para sí.

—¡Sí! Sabía que me ibas a entender. Siento que tengo algo que me distingue de los demás. Joder, podría ser el nuevo Bukowski, ¿sabes? ¿Me podrías dar un consejo?

—¿Un consejo, dices? ¿Al nuevo Bukowski? —dijo Ángel con falso interés.

—Sí, por favor. Me gustaría ser un grande, como tú.

Miguel se tapó la boca y contuvo su carcajada. Ángel no podía creer las palabras de aquel idiota, pero, ya que estaba allí, no dejaría escapar la oportunidad.

—¿Como yo? —repitió Ángel.

Damián sonreía y apretaba la mesa con los dedos índice y pulgar, conteniendo su emoción.

—Bueno, Charly, ahí va un consejo. Coge una moto y estréllate contra el primer muro que encuentres. Cuando estés en la uci y despiertes del coma, antes de que te den ningún diagnóstico, seguramente te replantearás tu vida. Básicamente porque te has estrellado solo porque un tío que escribe te lo ha dicho. Pero, motivaciones aparte, en el instante en que despiertes, si la escritura era una de las cosas que deberías haber hecho, enhorabuena, tienes madera de escritor.

Miguel ladeó la cabeza y se le escapó una escueta carcajada, que disimuló con una tímida tos. Damián agachó la cabeza, avergonzado.

—¡Vamos, no seas así! No le toques los cojones y dile algo que de verdad le sirva —dijo Miguel, intentando calmar las aguas.

—No, no hace falta, de verdad. Ya me iba —dijo cabizbajo mientras se retiraba.

Ángel disfrutaba del momento y quiso extenderlo un poco más:

—No, no, no, hombre. Ven aquí, ven —insistió.

Damián volvió a la mesa con cautela, se inclinó con cuidado y Ángel lo atrajo hacia él, cogiéndole por detrás del cuello. Dio un gran trago, dejó la copa con fuerza en la mesa y le habló al oído. Sí, ya estaba bastante borracho.

—Para escribir, hay que beber. ¿Sabes por qué? Porque te deprime. El puto alcohol es un hijo de puta mentiroso que te pone de buen humor unas pocas horas y, luego, te jode durante semanas. Cuando seas capaz de soportar esas depresiones, ya habrás vivido tantas humillaciones que tendrás algo que merezca la pena escribir, aunque a ti te de asco leerlo. Cuando sientas que el estómago se retuerce cuando leas algo tuyo, sabrás que has escrito algo bueno.

Ángel cogió su copa, pero estaba vacía, así que tomó prestada la de Damián y la bebió de otro trago.

—O no —dijo Ángel, riendo con excentricidad.

—Vale. Gracias —dijo Damián, nervioso, mientras dejaba la mesa sin despedirse y escuchaba la risa de Ángel.

—Siempre has sido muy cabrón con los artistas. No sé por qué —le recriminó Miguel, con sus últimos resquicios de complicidad.

—No es que sea un cabrón, es que la mayoría son farsantes y se lo merecen.

—Da igual el motivo. Me encanta verte humillar a esas almas perdidas. Aunque no tengas razón.

—¡No están perdidas, joder! —exclamó con buen humor—. Por eso los machaco tanto. La mayoría son gente bien que están incómodos con su vida acomodada porque creen que así no podrían escribir algo bueno y que escribir les dará sentido a sus vidas. El resto, directamente, juegan a ser artistas porque así follan más. Salen a la calle con veinte pavos que guardan en una cartera de doscientos. Es ridículo, joder.

Miguel guardó silencio con una expresión afable, como la nostalgia de un octogenario o como un padre en la graduación de su hijo. Ofreció su copa, aún llena, a Ángel, que no dudó en aceptarla, pero vació media en su propio vaso y se la devolvió.

—Echaba de menos esto —dijo Miguel levantando su copa.

Ángel negó vagamente con la cabeza, sorprendido por aquellas palabras de buen sabor y mala digestión.

—Ojalá hubiéramos quedado antes, joder —añadió.

—Bueno, si tú lo dices —dijo desganado.

—Claro que lo digo. ¿Crees que no quería verte? ¿Crees que no...?

—Tenías mi número, ¿no? —contestó Ángel con rapidez—. Pero tranquilo, lo entiendo. No pasa nada.

—Hombre, claro que pasa. Me dices eso y te quedas tan ancho, pero a mí me dejas como una puta mierda. Está claro que todavía guardas rencor por no haberte llamado, pero entiende que...

—¿Qué? Dime, ¿qué coño tengo que entender? Yo estaba solo, sin nadie, en el peor momento de mi vida. Y tú no estabas allí. No te guardo rencor, ya que entonces odiaría a todo el mundo, porque por si no lo sabías, no llamó nadie. Estuve solo todo el tiempo, vi sangrar mis heridas solo y las curé solo también. Cuando te digo que no pasa nada es porque no pasa nada, soy totalmente sincero en eso. Al principio, estaba roto, lloraba sin parar y odié a todo el mundo. Pero, al tiempo, al cabo de mucho tiempo, vino la calma. Y gracias a esa paz interior, estoy aquí contigo, porque estoy en paz conmigo mismo y porque he tenido tanto tiempo de reflexionar que he reflexionado incluso por los motivos por los que no nos hemos visto hasta ahora. ¿Y sabes? En el fondo, te entiendo. Entiendo tu situación, sé cómo estabas y que tal vez no era el momento de que nos viéramos.

—Ya… Pero tú nunca habrías hecho eso.

—Eso es cierto, Miguel. Jamás te habría dejado solo en un momento así.

Ángel dio una calada a un cigarro apagado y trató de encenderlo repetidas veces en vano, hasta que desistió y dejó el mechero en la mesa con torpeza.

—Pero precisamente por eso estamos donde estamos —continuó—. El error o los miles de errores siempre han sido míos, y echarle la culpa a los demás por ser como son y no por ser lo que yo quería que fueran fue el mayor de todos. Créeme cuando te digo que te perdono, todo está bien. Al que no perdono es a mí mismo, pero ya es demasiado tarde para esa mierda. Creo que es mejor disfrutar de este momento que tanto tiempo llevamos esperando y llegar a casa con un buen recuerdo de un viejo amigo, ¿no crees?

Miguel, con lágrimas en los ojos, asintió con lentitud. Por la cabeza le pasaron millones de palabras que decir, miles de gestos que mostrar, cientos de miradas y decenas de acciones. Pero su garganta se ahogó, su cuerpo se petrificó, los ojos solo lloraban y ya era demasiado tarde para actuar.

—Sí, supongo que tienes… —dijo Miguel antes de que la voz se le cortase.

—Eh, eh, ¿qué pasa? Tranquilo.

Miguel se secó las lágrimas con celeridad y trató de sonreír inútilmente.

—Nada, nada —cortó tajante y se dirigió al camarero, aunque allí no parecía haber nadie—: ¡Dos más!

Continuó aparentando normalidad y se tomó unos segundos para recomponerse. Ángel respetó por primera vez su espacio, aunque estuvo pendiente.

—Tienes razón, vamos a disfrutar este momento —dijo Miguel.

Guardaron silencio mientras terminaban sus copas. Miguel no estaba llevando nada bien aquel día, pero tampoco le sorprendió.

—Oye, solo una cosa más —insistió Miguel.

—Dime.

—Nada, que… siento no haber estado entonces.

—Gracias por estar ahora.

Aquellas palabras aliviaron a Miguel y consiguieron hacerle sonreír con sinceridad. Como por arte de magia, llegó el camarero con las copas sin siquiera haber tomado nota.

—Bueno, brindemos —dijo Miguel, levantando su copa.

—¿Por qué brindamos?

—Pues por el alcohol, el mismo que nos hace reír, llorar, amarnos y odiarnos. Y que por breves momentos nos hace pensar que podemos conseguir nuestros sueños.

Ambos golpearon la mesa tres veces con la mano izquierda y después chocaron las copas con tal fuerza que casi las rompieron.

—Te pones muy guapo cuando hablas tan serio —se cachondeó Miguel.

—¿Sí? Eso también se lo debemos al alcohol.

—No, en serio. Cada vez que hablas de arte, porque me refería a eso, no a cuando me echas tu mierda encima —matizó Miguel—. Te envuelve un aura de, no sé, de artista. No sé cómo expresarlo.

A Ángel se le escapó una risa seca, acompañada de orgullo que disimuló acto seguido rascándose la barba.

—¿Ves? Ahí está —siguió Miguel—. ¿Por qué no reconoces que te gustaría volver a escribir?

Ángel suspiró desesperado.

—Mira, quiero que dejemos el tema, así que esta es la única vez que voy a hablar en serio de esto, ¿vale?

No quiero ni preguntas ni historias. Escuchas lo que tengo que decir y, si no, se cambia de tema y fuera. ¿Sí?

—Bien, dime.

—Mira, yo… —comenzó Ángel, avergonzado—. Nunca he dejado de escribir. Sigo escribiendo, claro, y estoy escribiendo ahora mismo. Pero escribo mi vida, pongo puntos y comas. He puesto más puntos de los que me gustaría, y ahora estoy viviendo la continuación de un punto y seguido. Pero las páginas son limitadas y las historias tal vez no sean tan buenas. Aun así, estoy escribiendo mi vida, solo que sin boli ni papel. Escribo con actos: viviendo, sintiendo lo que me rodea y apreciando o despreciando las situaciones con las que me cruzo. Ojalá fuera un romántico como tú. Escribiría grandes obras basadas en mentiras, como la mayoría. Yo no escribo odas al amor, yo amo, ¿entiendes? Comprendí que, si tenía que estar horas y horas pensando en algo, sería sobre cómo hacer que mi vida fuera mejor. Y escribir no lo hacía. Sí, gané un par de premios, ¿y qué? Tener el reconocimiento de gente que no conoces no sirve de nada. Tu reconocimiento es el único que aprecio, y ya lo tengo. Así que gracias por dar valor a mi esfuerzo. Ahora, solo te pido que respetes mi nueva forma de escribir.

Volvió el silencio, pero esta vez no fue incómodo, sino tranquilizador y liberador. Ángel jugueteaba con su copa y miraba a la gente del bar. Miguel se quedó ensimismado en sus pensamientos y evitaba la mirada de él. Sonreía incrédulo e hizo un amago de hablar, pero volvió a sonreír, esta vez con un suspiro, esforzándose por no hablar. Finalmente, terminó lo poco que quedaba de su copa —es decir, el hielo derretido— y se levantó.

—¿Sabes? —dijo Miguel, mirando a ninguna parte.

Ángel lo miró atento, esperando su respuesta, tenso y ansioso al mismo tiempo por conocerla.

—Voy a pedir otra. ¿Quieres una?

—Sí, claro. Bueno, mejor vamos al baño antes, ¿no? —dijo Ángel con picardía.

Miguel asintió sin más.

5

Era una hora desconocida para ellos, eso lo hacía más interesante. El *jazz* ahora solo era una mezcla de sonidos agudos y bajos, y las voces eran susurros de gente que no importaba. En aquel local de artistas en ciernes, había dos tipos que, lejos de disfrutar la estancia, cambiaron el ambiente a su parecer. Al fin y al cabo, eso es lo que hacen los artistas.

Estaban en el baño, que tenía el tamaño justo para charlar con cualquiera y no sentir claustrofobia. Había un espejo en el techo y otro que ocupaba toda la pared. El tinte negro de los azulejos le daba un tono brillante y bohemio al lugar. En el lavabo estaba Ángel, metiéndose una raya de cocaína en la pantalla de su móvil, mientras Miguel, que ya se había metido una, esperaba fumando.

—Déjame el móvil —dijo nervioso Miguel—. Voy a hacer otras dos. Así no estamos todo el rato entrando y saliendo.

—Joder, eres controlador hasta para la droga.

Ambos rieron, claramente afectados y con las mandíbulas apretadas. Le dio el móvil a Miguel, que echó un poco de coca en la pantalla y empezó a hacer dos rayas con un carnet. Mientras hacía las rayas, recitó con un tono burlón:

—Sabiduría es relativa —comenzó.

Ángel, que estaba apoyado en la pared, sonrió extrañado y miró al espejo para ver la cara a Miguel.

—Amor es injusto —siguió Ángel.

—Amistad es relativa.

—Yo soy el mal gusto.

—Poder no es concreto.

—Sentimientos no son miradas.

—Virtud me dejó obsoleto.

—Cuando supe que no soy nada.

—Intentos fueron violentos.

—Decepciones, aprendizaje.

—Sonrisa fue camuflaje.

—El dolor sigue siendo un misterio.

—Mas nunca dolor y coraje.

—Ni honor ni aturdimiento.

—¡Ninguno «fueron capaces» de arrancarme el orgullo que siento! —dijeron los dos al unísono.

—¿Serán arrugas felices? —dijo Miguel.

—¿Serán dedos de casado?

—Ten los ojos abiertos, dicen.

—Yo prefiero tenerlos cerrados —terminó Ángel.

El orgullo y la nostalgia brotaba de las risas de ambos.

—¿Cómo te acuerdas de eso? —preguntó sorprendido a Miguel.

—Bueno, es el único poema que te he visto recitar y con el que me ganaste en el concurso del instituto.

—Es verdad… —asintió Ángel, triste y feliz al mismo tiempo por haberle recordado aquellos días—. Ya ni me acordaba. No sé cómo puedes seguir enfadado por eso. Era un concurso de instituto.

—Ya, bueno. Para mí fue más, ¿sabes? Yo participaba para ganar a…

—Ya, pero las mujeres… —cortó Ángel antes de que Miguel comenzara una conversación incómoda—. Pues eso, son mujeres, joder. ¿Quién las entiende?

Miguel esbozó una sonrisa por compromiso y continuó haciendo las rayas.

—Además, no es que puedas ganar a una mujer con un concurso. No a una que merezca la pena —continuó Ángel.

—Elisa merecía todas las penas de este mundo —dijo Miguel.

—Bueno, puede que…

—Y si no lo mereciese, no habrías estado tanto tiempo con ella, ¿no?

—Bueno… —suspiró, pues no era la primera vez que tenían esa conversación—. ¿Qué quieres que te diga? ¿Que lo siento?

—No, era solo por hablar. Has preguntado que por qué me acuerdo de ese poema y ese es el motivo. Casi me enamoré de ti yo también.

—Yo sí que estoy enamorado de ti, cabrón.

Ángel abrazó por detrás a Miguel, que seguía con las rayas, y se le cayó un poco de coca por culpa del abrazo, además de que le hizo reír.

—Quita, coño, que lo vas a tirar todo.

Ángel, satisfecho por cortar ese momento, se encendió un cigarro y se apoyó de nuevo en la pared.

—¿La has vuelto a ver?

—No —dijo Miguel.

—¿No estuviste con ella?

Miguel dejó la cocaína y se dio la vuelta.

—No sabía que lo supieras —dijo extrañado a Ángel.

—Sí, bueno, las redes, ya sabes.

—Claro… En fin, mejor no hablemos de eso.

—Como quieras.

Miguel, que hacía lo posible por hacer de aquella noche algo memorable, desistió. Recordar aquellos tiempos y a Elisa, a la que amó al mismo tiempo que Ángel y no fue secreto para nadie, hizo que recobrase algo de lo que a él le parecía sensatez. Así que dejó de hacer las rayas, puso los brazos muertos y se giró para mirar a los ojos a Ángel.

—¿Sabes? Tengo que decirte una cosa. Y sé que te va a mosquear, pero tengo que decírtelo.

—Tú mismo.

—Ya, lo sé. Es que, si no, voy a estar toda la noche dándole vueltas. Y tú vas a estar hablando, yo asentiré, reiré, «jajá, jijí», pero por dentro, pues…

—Suéltalo, anda. Que te va a dar ansiedad.

Miguel respiró profundamente. Dos veces.

—Antes, cuando has hablado de por qué no escribes, que si estabas más pendiente de los premios que de una buena obra, o que pensabas que para escribir había que vivir y eso lo tradujiste en beber y demás.

—Sí, eso he dicho, ¿y?

—Pues que no me lo trago. Antes me he callado porque era lo que había que hacer, ¿no? Te has sincerado y no es de recibo que te toque los cojones. Pero tu respuesta me mosquea.

—¿Te mosquea? —Ángel rio con sarcasmo—. ¿Por qué te mosquea?

—Sí, me mosquea, joder. No me lo trago. Me parece que solo eres un puto cobarde. Lo que hiciste fue para esconderte, como un niño. Pensabas que el mundo te estaba diciendo que no, así que decidiste decirle «no» al mundo. Igual que ahora.

Se tomó unos segundos para pensar bien lo que iba a decir.

—Y lo peor de todo es que… Lo peor es que todas esas cosas solo están en tu cabeza —improvisó al ver que no había palabras correctas—. El mundo no te dijo que no, tampoco te hizo un camino de rosas, joder, pero ¿y qué?

¿Era eso lo que querías? ¿Una puta alfombra roja para ti por haber escrito un par de obras buenas y ya está? Hay que intentarlo mil veces y, cuando te rechacen todas ellas, entonces habrá que intentarlo con más fuerza. No te puedes rendir así como así. No puedes, joder. ¿Sabes la de gente que ha estado años y años sin conseguir nada y al final, por insistir y mejorar, lo consiguieron?

Ángel se aclaró la garganta con evidentes lágrimas en los ojos, que contuvo con todas sus fuerzas. El fruto de sus lágrimas era de origen desconocido hasta para él.

—¿No dices nada? —preguntó Miguel.

—No, mejor no. Creo que lo que tengo que decir te va a hacer daño y no es el momento. Mejor vamos fuera, no quiero joder la noche.

Ángel cogió un billete y se metió media raya, después sacó un cigarro, lo chupó y pegó el resto de cocaína en él. Tras esto, guardó el cigarro en su paquete bocarriba, lo cerró y lo guardó.

—Vamos fuera, anda —dijo Ángel mientras quitaba el pestillo.

—Ya se ha jodido la noche, ¿es que no te enteras? —recriminó Miguel.

—Supongo que sí. Lo que no tengo claro es por culpa de quién.

Ángel quitó el cerrojo y abrió la puerta. Giró su cabeza con el mentón alto y la mirada baja.

—Te espero fuera —dijo sin mirar a Miguel.

Junto a la puerta, Ángel pensó que tampoco podía dejar las cosas así, el maniqueísmo de su amigo era algo por lo que no podía pasar de nuevo. Dio media vuelta y un paso hacia atrás, quedándose fuera del baño.

—Oye, ¿qué coño te capacita a ti para decirme lo que tengo o no tengo que hacer? —soltó Ángel—. Tú, que estás todo el puto día mirando el reloj, el correo y el calendario, no vaya a ser que se te escape algo de las manos y no puedas controlarlo. ¿Yo soy un cobarde? Tú eres el puto cobarde que tiene miedo a vivir. En la vida hay errores, Miguel, montones de ellos. Pero el más grande es quedarse quieto y no hacer nada. Tú no vives, temes tanto las consecuencias que te quedas inmóvil, esperando que pase algo que puedas controlar y empezar a vivir a partir de eso.

—Claro, ahora yo soy el tipo de las bolsas.

—Pues claro que sí, coño. Has sido tú todo el tiempo. ¿No ves que se te está escapando la vida? ¿No ves que se te escapa por gilipolleces? ¿No ves que…?

Ángel se tuvo que controlar y convirtió la rabia y gritos en una tormentosa respiración de la que no estaba seguro de si él la merecía.

—Por ejemplo, eso que contabas de futura mujer. ¿Pero que mierda esquizofrénica es esa, Miguel? ¿Qué estás pensando? ¿Eh? ¿Qué estás pensando? ¿Qué vendrá a ti por un tropezón o te la cruzarás en algún sitio que frecuentes? Esa mierda no pasa, pasa si la provocas. Y se provoca presentándote a ella, pidiéndole salir y rezar para que diga que sí. Y si dijera que no, da igual, son cosas que pasan. Pero tú… Tú calculas todos los escenarios posibles en los que ella te pueda rechazar. ¿Y eso qué es? Eso no es vivir, porque, si la consigues de esa manera, no merece la pena. Eso no es amor ni es nada. Es pura matemática. Y así no se puede vivir, joder, así no.

Ángel volvió a calmarse. El hecho de sobrepasarse no era problema, sino algo que tenía dentro y había que expulsar. Y, ya que había empezado, mejor terminarlo.

—Me pedían un consejo para escribir, pues doy un consejo para vivir. ¡Vive, joder, vive! Lo demás es una puta mierda —sentenció.

Ángel trató de irse, pero lo interrumpió Miguel:

—¿Que viva? —dijo con una mezcla de desprecio e incredulidad.

—Sí.

Finalmente, fue incredulidad el sentimiento de Miguel, que lo expresó a su pesar con desprecio.

—Mierda esquizofrénica es querer suicidarte y pedirle a un amigo que se tome unas copas contigo como si nada. ¿Aconsejas la vida? Pues aplícate el cuento, gilipollas.

Los ojos de Ángel se inyectaron en sangre y cerró de un portazo, aunque la puerta rebotó y se quedó abierta. Miguel la entornó, apoyó las manos en el lavabo y miró al espejo.

—¿Qué estás haciendo, imbécil? Eres un puto gilipollas, joder. ¿Qué coño…? —se dijo Miguel, contenido.

Respiró hondo y se metió la última raya con torpeza. Hizo un cigarro de coca al igual que Ángel, solo que con los restos que quedaban por el lavabo, y volvió a mirarse en el espejo. Forzó una sonrisa, pero le salía muy estúpida. Lo intentó varias veces hasta que le salió natural.

—Ahora vas a salir ahí a sonreír, a reírle sus putos chistes sin gracia y a pasar la mejor puta noche que hayáis tenido nunca, joder. ¿Está claro, maldito hijo de…?

Miguel dio un puñetazo en el lavabo y salió del baño.

6

Sonaba *My favorite things,* de John Coltrane. El ambiente estaba incluso más cargado de humo y casi no se podía ver nada, salvo las mesas iluminadas por unas lámparas que colgaban del techo, parecidas a las de un billar. Ángel estaba sentado en la misma mesa de antes. Pese al alboroto de voces y copas, él solo escuchaba a John y *sus cosas favoritas.* El camarero dejó dos copas en la mesa y se fue, pero él ni se inmutó. Solo fumaba, y bebió de su vieja copa antes de estrenar la siguiente.

Miguel llegó del baño, se detuvo un instante, se irguió como un adolescente en su primera cita y fue directo a la mesa. Cogió la silla que estaba junto a Ángel, la colocó en frente de él, se sentó y esbozó una gigantesca, ridícula y forzada sonrisa. Su vano intento de calmar las cosas no hizo efecto, ya que solo ofrecía una cara de idiota, y eso no era suficiente.

Ángel bebió de su copa y la vació de un trago, sin prestar atención a Miguel.

Miguel, al ver que Ángel no le hacía caso, quitó ese gesto ridículo, cogió su copa y acercó la otra a Ángel.

Ángel jugaba con su copa vacía.

Miguel dio un trago lento, pero no largo. Buscó su paquete de tabaco.

Ángel le acercó su paquete de tabaco.

Miguel cogió un cigarro y lo encendió, miró su reloj, dio una calada y se acomodó cuatro veces.

Ángel cogió su paquete de tabaco y sacó un cigarro.

Miguel le acercó el mechero.

Ángel sacó su propio mechero y encendió su cigarro.

Los dos dieron una gran calada y expulsaron el humo con fuerza, enfrentando sus humos. Aquella lucha silenciosa era la única que se iba a librar, así que siguieron expulsando aire, sin humo, para ver quién ganaba.

Al fondo, Damián, Margarita y Abril hablaban de pie junto a su propia mesa. El alcohol les había animado a dejar los asientos y bailar *jazz*, es decir, a mantener una conversación digna del momento y el lugar en el que estaban.

—Sí, pero es lo que hay —dijo Damián—. Es la vida que nos ha tocado. A veces, es agotador seguir todos tus sueños, ya lo sabéis. Y lo peor de todo es que es por el tiempo, la presión del tiempo, el tictac de los cojones. Yo intenté ser músico, pero un hombre tiene limitadas veces para aguantar el fracaso y, ante eso, acabas desistiendo y eliges estudiar cualquier mierda para tener un futuro mejor.

—¿Qué futuro? —dijo Abril apartándose el pelo de la frente—. Aquí todos tenemos estudios, y antes fueron planes, grandes planes —enfatizó—. Tu música era malísima, tío. Que decidieras estudiar fue una señal divina, joder.

Abril sonrió y Margarita la imitó, pero tapándose la boca. Damián, que no dejaba que nada le perturbase, devolvió la sonrisa con arrogancia, pues creía que eso era educación, y dejó su copa en la mesa, preparándose para la batalla, como el que limpia su arma en las trincheras creyendo que le da ventaja.

—En serio, todos teníamos planes, teníamos sueños y queríamos cumplirlos, pero siempre hay algo que se tuerce, nos bloquea y nos derrota. En mi caso —continuó Damián—, fue el amor. Acabé tan destrozado que olvidé cuáles eran mis sueños, estudié por inercia y ya es demasiado tarde para retomar lo que fuera que deseara por aquel entonces.

—Los sueños... son una gilipollez —respondió Abril—. Ya ves, hay personas que sueñan con tomarse unas copas con la misma gente con la que creció. Y nosotros, que estamos aquí haciendo justamente eso, nos quejamos de no haber viajado y habernos separado. Es casi como si nos culpásemos unos a otros de nuestros fracasos. Los sueños no son reales, por eso son sueños. Además, todos los sueños van unidos al éxito.

Abril dio un trago antes de continuar con su soliloquio y dejó la copa en la mesa con más firmeza de la que deseaba.

—Estuve pensando en eso, y no me gusta la sensación de que mis sueños o metas en la vida vayan atados a una profesión. No sé, ¿es eso lo que somos? ¿Una profesión, un estilo de vestir, de hablar...? La verdad es que no sabemos quiénes somos porque apenas tenemos tiempo para pensarlo. Al final, todo va unido al dinero.

—No todo va unido al dinero —dijo tajantemente Damián y a la defensiva, pues aquello atacaba su idealismo—. Existen personas que sueñan con ser felices, a su modo, pero no tiene nada que ver con el dinero.

—Claro, tú querías ser músico —dijo Abril, con actitud proactiva y con intimidación comedida—. ¿Y por qué no sigues tocando? ¿Qué te lo impide? ¿No será que no puedes vivir de ello y pasas de tocar para ti porque te hace feliz? Igual no te hace tan feliz hacer música como sí te lo harían los aplausos y las mamadas de las grupis.

Damián soltó una risa improvisada. Aquel ataque dolió, pero tenía su gracia.

—No te rías, joder, sabes que es verdad —continuó Abril—. Además, no sé por qué hablas de sueños perdidos, ahora estás escribiendo, ¿no? ¿O todo es una farsa? ¿Tanta pasión que dices tener solo es una pose?

—No es una pose exactamente. Pero sí que en la poesía hay que practicar la hipérbole, muchas veces…

—O sea, mentir.

—No es mentir.

—Sí que es mentir. Si lo que escribes no lo sientes, es una mentira. Y eso te convierte en un mentiroso profesional, ¿es eso lo que quieres? ¿Vivir de las mentiras?

Ángel, que estaba escuchando la conversación desde su silla, asintió como un hombre mayor que escucha sus opiniones en boca de un joven y levantó su copa de espaldas a aquellos desconocidos.

—No, nunca me he planteado ser político —dijo Damián, tratando de ser gracioso.

—Eso… —titubeó Abril antes de reír por la gilipollez de Damián—. Eres idiota, ¿lo sabías?

—Si te digo que sí, ¿me creerías?

—Solo te digo una cosa: ojalá el futuro de la literatura no sean tipos como tú. Si no…

Ángel casi aplaudió las palabras de Abril, pero, en vez de hacerlo, se giró y alzó un brazo en dirección a Damián.

—¡Eh! —gritó Ángel.

Damián lo miró, pero no le prestó más atención y volvió con Abril.

—¡Eh! ¡Eh…! ¡Bukowski! —insistió.

Damián, que no sabía si sentirse halagado u ofendido, miró a Ángel y se señaló como si no supiera que se dirigía a él.

—Sí, es a ti. Acércate, anda.

Damián se disculpó con las chicas y se dirigió a la mesa de Ángel y Miguel. Llegó con más confianza y apoyó las palmas de las manos justo en el centro. Miguel solo miraba a Ángel, le importaba muy poco aquel pobre diablo, y Ángel solo miraba a Damián, que era su pase para conocer a Abril.

—Hola de nuevo, ¿a qué se debe el placer? —dijo triunfante Damián.

—¿Quién es esa chica de ahí con la que hablas? —preguntó Ángel.

Damián cambió su triunfo por una decepción disimulada.

—¿Cuál? ¿La neurótica o la psicópata? —dijo en tono jocoso.

—La única que dice algo con cierto sentido.

—Con cierto sentido, ¿eh? Supongo que te refieres a Abril.

—Supongo. ¿Os sentáis con nosotros?

—¿No decías que estabais…?

—Bueno, ahora digo otra cosa —interrumpió Ángel—. Tampoco creo que pase nada por…

—No, claro —interrumpió con sarcasmo Damián, cobrándose una pequeña venganza.

Decepcionado, hizo un gesto a Abril y Margarita para que se acercasen.

—Voy a por unas sillas —dijo antes de ir a buscarlas.

Abril miró a la mesa de Ángel con curiosidad, hasta que Damián se acercó a ella en silencio y le señaló unas sillas libres que había en una mesa cercana. No utilizó las de la suya, pues pensaba que sería cosa de unos minutos y no quería perder su zona privilegiada al fondo, donde podía ver toda la sala. Las chicas cogieron unas sillas y las acercaron a la mesa de Ángel con prudencia e incomodidad. Ángel, que no quitaba ojo a Abril, se levantó al llegar ella. Abril puso su silla junto a Miguel, y Margarita junto a Ángel. Damián llegó e hizo las presentaciones con caballerosidad:

—Ella es Margarita. Yo antes no me he presentado, me faltaban tetas, digo cojones, para hacerlo —dijo Damián, con una espléndida sonrisa—. Ella es...

—Abril —dijo ella, pronunciando meticulosamente cada letra.

Ángel asintió de buen humor. Las miradas de Abril y Ángel estaban conectadas, había algo, aún no sabían qué, pero iban a descubrirlo. Damián estaba desubicado, y Miguel, que no dejaba de mirar a Ángel buscando su mirada, ofreció una silla a Margarita, que aún estaba de pie —porque la educación era lo último que perdería— mientras miraba a Ángel.

—Así que Margarita —dijo Ángel, iniciando la conversación.

Margarita miraba los bordes desgastados y rallados de la mesa por lo que parecía una llave, se preguntó en qué estaría pensando la persona que hizo las muescas. Si estaba nerviosa esperando una cita, si estaba enfadada por el plantón de aquella cita o si simplemente estaba sola y, tras varias horas bebiendo, pagó la frustración de su soledad con los inocentes, es decir, con la mesa. En un instante asintió afable para poder seguir con sus pensamientos y Ángel devolvió el gesto de la misma forma.

—¿Y tú Abril?

—Sí, ya... Ahórrate la broma si quieres caerme bien.

Ángel levantó las manos, simulando que no llevaba armas, y se recostó vencido antes de luchar.

—En fin, ¿qué bebéis? —preguntó.

—Vodka con hielo —dijo Damián.

—Margarita —dijo ella, con inocencia y timidez entrañable.

—Lo mismo que tú —dijo Abril, clavando la mirada en Ángel.

Miguel apretó la mandíbula, dejando la cabeza cuadrada y, sin quitar ojo a Ángel, soltó:

—*Champagne* —elevando la voz, la mirada y su orgullo.

Ángel sonrió ante el sarcasmo de su amigo, pero hizo caso omiso y dirigió su atención a Abril.

—Bueno, en lo que traen las copas —dijo Ángel, mirando a Miguel—, voy a contarte algo gracioso —continuó y giró la cabeza hacia Abril, dejando patente su conocimiento del enfado de Miguel y su falta de interés por ese tema—. Esta mañana, pasando por el palacio del Congreso, mi amigo aquí presente se ha quedado mirando a los leones…

La noche trascurrió de buena forma, con Ángel contando anécdotas vergonzantes para Miguel. Durante aquellas conversaciones banales, rompieron vasos y botellas que se caían a causa del alcohol. El camarero estaba harto, pero no dijo nada, esperando recibir una buena propina. Abril se había quitado el calzado y jugueteaba con las piernas de Ángel, de forma muy sutil, por el tobillo.

Pasaron un par de horas y todos estaban ya bastante ebrios y desaliñados, salvo Miguel, que mantenía el tipo y aguantaba estoico la situación, sonriendo brevemente los comentarios de todos, sin distinción alguna y sin intervenir.

—¿Puedo? —dijo Abril mientras ponía los pies en las rodillas de Ángel.

—Claro —dijo él con un retintín amable, dado que Abril ya tenía puestos los pies encima—. Por cierto, antes te he oído hablar muy bien de los poetas.

Abril se tapó la cara y, al destaparla, mostró una maravillosa sonrisa —que solo se consigue cuando alguien tiene una pizca de vergüenza, pero se reafirma en el acto vergonzoso— y ladeó la cabeza mirando al suelo a la vez que a Ángel de reojo.

—No me dirás que tú también eres poeta.

—¿No lo conoces? —exclamó Damián, en una mezcla de sorpresa y enfado—. Él es…

—Soy Ángel, a secas —dijo a Abril—. Te decía que…

—Sí, que has escuchado mi oda a la poesía —expuso más calmada.

—¿Oda? —contestó Ángel, con una mezcla de sorpresa cínica—. Me parecía un grito de auxilio.

—¿Auxilio? —dijo sorprendida—. Para nada, habrás escuchado mal.

—Entonces, ¿por qué estabas tan enfadada?

Abril quitó los pies de las rodillas de Ángel, los cruzó e hizo lo mismo con los brazos.

—No estoy enfadada, sino decepcionada.

—Bueno, tanto monta. Nadie siente decepción sin antes haber admirado. Y la decepción es el enfado del cobarde, ¿no crees?

—Y la condescendencia es su arrogancia.

Ángel se incorporó con aparente soberbia, aunque solo era curiosidad, y ella se acomodó lentamente, aceptando el reto que parecía proponerle.

—Hablemos pues —dijo finalmente ella—. ¿Qué has escuchado que te haya hecho pensar que estaba enfadada?

—Bueno, en cierto modo, estoy de acuerdo. Esa manera de definir la poesía como mentira es…

—Pero yo no hablaba de la poesía, hablaba del poeta. Que son cosas muy distintas.

—Sí, pero una no puede vivir sin el otro.

—Mejor muerta y pura que viva y mancillada.

Ángel negaba con la cabeza al mismo tiempo que sonreía. Le encantaba aquella chica, su conversación, su forma de intimidar, su recelo al cambio y su convicción pasional por sus creencias.

—Define «poesía» —dijo Ángel, poniéndole a prueba.

—Pues, según la RAE, es…

—No, según tú. No me interesa lo que diga la Academia.

—Pues son hechos interpretados por un poeta que…

—Vale, dices que son hechos. ¿Es necesario que sea así?

—Debería. Al menos así lo veo yo.

—Pero si solo pueden ser hechos, ¿no sería entonces la poesía una mera descripción?

—Ajá, ahí radica la habilidad y el atractivo del poeta y su poesía.

—Pero eso es limitar el arte.

—Pero no hablamos de eso.

—¿Y de qué hablamos?

—De las mentiras y del mentiroso.

—Sí, ahí quería yo llegar.

—¿A dónde quieres llegar?

—A tu desprecio por las mentiras y el mentiroso.

—Son despreciables.

—¿Por qué? Es lo que me gustaría saber.

—Porque cuando leo algo maravilloso que me hace soñar, reír y llorar, quiero pensar que esa persona piensa y actúa tal y como escribe. Cuando solo es una invención, pues… sí, tienes imaginación y tal, pero ya está.

—¿Ya está? —dijo Ángel, conteniendo el dolor que le hacían aquellas palabras dado el problema que solía tener para escribir—. Lo dices como si fuera fácil.

—No digo que lo sea, solo digo lo que digo.

—¿Y lo que dices es…?

Abril cruzó las piernas, se inclinó hacia adelante, sugerente, cogió un cigarro del paquete de Ángel, lo encendió tomando prestado su mechero y dio una extensa calada. Ya estaba preparada para soltar todo su arsenal.

—Lo que digo es... —dijo lentamente mientras expulsaba el humo—. Vivo en un mundo mentiroso, falso e hipócrita. Elijo la ropa para dar una imagen de mí, elijo mis palabras para darme una personalidad y elijo mis opiniones para tener la aceptación de los demás. Soy una mentirosa, eso nunca lo he negado, vivo bien con ello, todos lo somos. Desde las hamburguesas con dibujos entrañables de vacas que ríen hasta las botellas de *whisky* que dan prestigio al borracho. El caso es que cómo no iba a ser una mentirosa, creciendo en un mundo en el que la mayor muestra de amor es dejar que se corran en mi boca. El mundo da asco y eso no tiene discusión. Entonces te pido que hagas un ejercicio de empatía y comprendas que una adolescente que dé con un libro de Bécquer o Neruda decida que ese va a ser su mínimo y no su máximo. En la poesía debería estar la esperanza, no la certeza de que incluso lo divino apesta.

Abril dejó el cigarro en el borde de la mesa y lo sustituyó por su copa. Ángel cogió el cigarro sin quitarle ojo a Abril.

—¿Sabes? Eso no es necesariamente malo —dijo él con naturalidad, como si no estuviera sorprendido por aquellas palabras que contenían una crudeza que solo se podía alcanzar con la verdad—. La mentira, quiero decir. Tienes que ver al poeta como un mago, salvo que todos sabemos que con los magos hay un truco, una mentira. Pero nos gusta creernos esa mentira y, si diésemos con un mago torpe, pues, joder, hasta le ayudaríamos para que pudiera mentirnos mejor.

Dio una calda a su recién recuperado cigarro y se acomodó para pensar mejor en lo que iba a decir y para darse un aire de hombre sabio imperturbable.

—Supón que estás encerrada en una celda —continuó—. Pintar un prado no hará que seas libre, pero tendrás paz interior en tu aislamiento. Y puede que tu mente vuele desde un rincón apestoso. Es por eso que la poesía y las mentiras son buenas para este mundo. A menudo, independientemente de que sepamos el truco, nos gusta que nos saquen monedas de la oreja.

A Abril le pareció bonita aquella metáfora que no compartía y sonrió a Ángel, como si supiera que esas palabras escondían más de lo que parecían. La complicidad entre los dos se respiraba en el ambiente mientras se miraban en silencio. Como si estuvieran tomando una foto de aquel momento para no olvidarlo jamás.

—Me parece increíble que digas eso, y más viniendo de alguien como tú —interrumpió Damián con brusquedad debido al alcohol—. ¿Los poetas son unos mentirosos y encima eso es lo correcto? Vamos, no me jodas. Es cierto que algunas cosas se pueden maquillar. Igual Bécquer, ya que hablabas de él, pues era más bien un tipo que repartía todo el amor que podía. Pero, aun así, eso no implica que el amor que él describía fuese mentira.

Damián expuso su argumento. Si era bueno o malo, solo lo dirían las miradas de Abril y Ángel, que, impresionados en el mal sentido de la palabra, miraban a Damián y volvían a mirarse ellos mismos buscando complicidad e intentando no reírse. A decir verdad, aquel silencio fue incómodo para los cinco.

—¿Qué? —dijo Damián, esperando una respuesta de Ángel.

—Déjalo, anda —dijo Ángel, acercándole su copa a Damián para que bebiera y se callase—. ¿Tú no dices nada, Miguel?

—No tengo mucho que añadir —dijo mientras miraba su copa con desprecio.

—¿No? Normalmente, aquí viene un discurso moralista en el que nos refutas a los tres, diciendo que si la poesía es mentira no merece la pena leerla. Y de ser cierta, deberíamos preocuparnos por la veracidad del texto, no vaya a ser que vivamos con unas expectativas imposibles de cumplir.

Aquello hizo reír a Miguel. Se le había olvidado cuánto le conocía, pero no estaba para esas cosas, porque el arte le parecía una gilipollez en aquel momento.

—Sí, suena a mí —se pronunció Miguel al fin—. Pero no tengo nada que añadir. Estoy de acuerdo contigo, Ángel. La mentira sostiene el mundo, ¿por qué derribar sus cimientos? Además, ¿a quién coño le importa la poesía? Pataleas para no venir a estos sitios y acabas siendo el más esnob de todos. ¿Qué más da?

Margarita, que tomaba un margarita con pajita y estaba ajena a cuanto sucedía en la mesa, soltó la copa y miró a Miguel fascinada. Ángel se echó a reír ante las miradas atónitas de los demás, que no entendían lo que pasaba, pero Ángel entendió la gracia de aquella rabieta.

—No seas tan pesimista, joder. No te pega. Ese no eres tú. Si estás enfadado, vale, no hables y ya. No hace falta soltar gilipolleces —sentenció Ángel.

—Solo son gilipolleces si no las crees. Pero tú las crees, ¿eres gilipollas, Ángel?

—Igual sí que lo soy.

—Mira, ya estamos de acuerdo en dos cosas. La noche mejora por momentos.

Miguel dio un trago con orgullo a su copa de *champagne.* Margarita dejó su copa en la mesa, con lo que para ella era fuerza, pero realmente lo hizo con una dulzura que muchas querrían imitar.

—Dejadlo ya, ¿vale? ¿Qué os pasa? —intervino Margarita, tratando de calmar el ambiente.

Ángel y Miguel guardaron silencio, como dos niños castigados sin el juguete que se negaban a compartir.

—También podéis dejarlo para otro momento. O nos vamos, no sé —insistió.

—No hace falta, Margarita —dijo Ángel.

—No hace falta que te vayas, Margarita. Estamos bien. De hecho, estáis presenciando algo insólito, ¡la poesía viva! Deberíais quedaros, sobre todo tú —dijo Miguel, señalando a Damián—. Querías inspiración para escribir y hemos llegado a la conclusión de que la poesía no es más que una sarta de mentiras disfrazadas con la intención de dejar bien al escritor. Y, joder, no puedo estar más de acuerdo: Ángel es un puto mentiroso y está quedando bastante bien. Al menos, mejor que yo.

Miguel rio para sí y volvió a dar un trago con torpeza, provocando un minúsculo sorbo que probablemente solo él escuchó, pero lo suficiente como para avergonzarle.

—Supongo que por eso nunca llegué a nada —concluyó Miguel—. Mis escritos vienen de la cabeza, y ahí no hay cabida para la mentira.

Ángel borró la falsa sonrisa que mantenía por educación y decidió ser directo para acabar cuanto antes con la situación.

—¿Qué es lo que quieres de mí? —le increpó a Miguel.

—Nada, hoy es tu día. Tienes vía libre para hacer lo que te salga de los cojones.

Ángel se contuvo y resopló con suavidad, resignado en su asiento.

—¿Sabes, Miguel? —dijo Margarita—. Te lo digo con todo el cariño del mundo, pero te estás comportando como un gilipollas.

Miguel, que no se esperaba aquella reacción, no pudo más que echarse a reír.

—¡Otra ronda! —exclamó hacia ningún sitio.

—El porqué estás enfadado es algo que solo sabes tú y, sinceramente, no me incumbe y casi ni me interesa —añadió Margarita—. Pero, por seguir con el tema y dejar a un lado esta situación, te digo que tanto tú como Ángel estáis equivocados. Yo no sé nada de poesía, no me gusta ni la poesía ni la literatura, pero eso no me impide ver que solo habláis del poeta y de la poesía, y os olvidáis del lector. O sea, que todo lo planteáis desde un prisma egoísta. El lector puede ser listo y no creerlo, o puede ser tonto y basar toda su ideología en base a cuatro escritos —dijo esto último dirigiéndose a Abril—. Perdona, cariño.

Abril hizo un gesto con las manos, como diciendo «no hay problema, continúa». Y eso hizo Margarita, que esta vez se dirigió directamente a Miguel:

—Pero el lector también puede elegir, joder. Puede elegir, y la base de toda esta conversación radica en eso. Y dado que ninguno de los tres habéis mencionado ni por asomo al lector, que es la figura principal, no tenéis ni idea de lo que estáis hablando. Solo sois personas egoístas luchando para ver quién tiene razón. Así que, en vez de tanto escribir y soltar discursos grandilocuentes, mirad un poco el mundo que os rodea, ese del que tanto habláis en vuestros versos, y haced algo para mejorarlo.

Margarita dio un sorbo a su cóctel por la pajita, de una manera inocente e infantil, dando por terminada su aportación. Las caras del resto eran un poema y nadie tuvo el valor de hablar. Damián rompió el silencio y se dirigió a la mesa como un buen anfitrión:

—Debí advertiros que Margarita tiene… carácter. Es una chica muy callada, y cuando habla pues… Bueno, te das cuenta de que guarda silencio por pura bondad y por dejarnos ser felices en nuestra ignorancia —dijo, sonriendo a Margarita—. Tanto medirnos las pollas, y al final es una chica la que la tiene más grande.

Todos rieron, salvo Margarita, que ignoró el comentario de Damián y jugaba con su pajita, mirando los cuadros de gente que había pasado por el local: Sabina, Serrat, Dylan… O solo eran montajes, pero ella imaginaba la historia de aquellos cuadros, y cómo las estrellas dejaban de brillar cuando te acercabas. Supuso entonces que el brillo no era más que un espejismo, o tal vez un engaño, pero tal y como decía Ángel, el culpable no era tanto la estrella por brillar, sino ellos mismos, por admirar un brillo siendo conscientes de su inexistencia.

—Damos las gracias a Margarita por ser tan… amable —dijo Miguel con sarcasmo—. Pero yo… En fin, soy muchas cosas, algunas buenas, otras malas; pero, de todas ellas, el egoísmo no está en la lista. De hecho, estar sentado aquí en esta mesa, con vosotros, lo demuestra.

Y se giró hacia Ángel, poniendo de manifiesto una tensión que el resto desconocía.

—¿Verdad? —dijo con tono acusador.

Ángel asintió y negó con la cabeza, harto y decepcionado.

—Déjalo ya, ¿quieres? —dijo Ángel, desesperado.

—¿Qué problema hay? ¿Te avergüenzas?

Ángel se mordió los labios para no hablar y humillar a su viejo amigo. Abril soltó una risa nerviosa, como quien pregunta en voz alta en la oscuridad, esperando que nadie conteste.

—¿Qué es lo que pasa con vosotros? —preguntó Abril.

—Nada, que… —intentó explicar Ángel.

—¿Nada? —dijo Miguel, riendo y con un gesto de sorpresa desmesurado—. Que vuestro poeta favorito, aquí presente, se va a quitar la vida esta noche. De hecho, le quedan unas… — se miró el reloj como si no supiera que eran las doce y unos pocos minutos, pero quiso ser certero— tres horas más o menos.

Las miradas de Damián y las chicas se clavaron en Ángel.

—¿Eso es…? —dijo Abril, inquieta y asustada.

Ángel asintió y, por primera vez, lo hizo no muy orgulloso de ello, mirando su copa como si fuera a hablarle o pudiera escapar por allí.

—Pero, ¿por qué? —preguntó Abril.

—¿Por qué? —preguntó Damián.

A Margarita se le cayó dentro de la copa el trago que bebía.

—¿Estás bien, Ángel? —insistió Abril.

Miguel, en un estado de embriaguez que no era ya ningún secreto, rio con tal fuerza que algunos clientes lo miraron ofendidos.

—Eso es lo mejor de todo —explicó Miguel, como si aquello fuera un juego—: no quiere decirlo. ¿Está enfermo, deprimido? ¿Quién sabe?

—Yo solo quiero… En fin, es mi decisión y solo pido que se me…

—Que se te respete, claro. ¿Cómo no iba a respetar algo tan… respetable? —dijo Miguel, con su sarcasmo habitual.

Se hizo el silencio unos segundos. Todos miraban a Ángel, salvo Margarita, que miraba el reloj de Miguel y comprobó que estaba en modo cronómetro a falta de dos horas y cuarenta y tres minutos para llegar a cero.

Damián, que se hallaba en esa época en la que la ambición es superior al conocimiento y uno cree que puede superar las corrientes de la filosofía en una tarde con dos cervezas, se frotó las manos y se dirigió con impaciencia a Ángel:

—¿Lo haces por decisión propia? Quiero decir, ¿has tenido como una revelación o una epifanía que te ha llevado a esa conclusión?

—Mira, no quiero… —dijo nervioso Ángel.

—No, no, a ver. Lo respeto —interrumpió Damián entonces—. Yo jamás haría algo así, amo demasiado la vida como para destruirla. Aunque estuviera hundido en la mierda o terminal, joder. Si esto tiene que acabar, que acabe. Pero no seré yo el que le ponga fin. Quiero decir, qué locura, ¿no?

Damián rio y Ángel asentía de un modo automático, esperando que aquello acabase.

—Levantarte un día y decir: «Hoy será la última vez que despiertes, la última vez que comas, que bebas, que hables…». Y acabará a una hora concreta, ¿no? ¿A qué hora?

—A las tres —dijo Miguel.

—Uuuhhh, ¡la hora de Satanás! —exclamó Damián, riendo—. ¡Qué macabro, joder! ¡Me encanta!

El joven escritor estaba eufórico. La moralidad de sus palabras no era algo que cuestionase, y no por inmadurez, que también, sino porque la ética de aquello le pertenecía a Ángel, y Ángel ya había tomado una decisión.

—¿Y has llamado a tu amigo para que pase el día entero contigo hasta que te suicides? —continuó Damián.

Ángel asintió.

—Ya sé por qué estás tan enfadado, joder —dijo Damián a Miguel, resoplando con fatiga y agradecido por no estar en esa tesitura—. Coño, si hay algo en esta vida que justifique un enfado es que te pidan que acompañes durante todo un día a un amigo hasta que se quite la vida. Es…

—Demencial, sí —dijo Ángel, cansado de las estupideces de Damián—. Yo tampoco he obligado a nadie, ¿sabes? Llamé y me cogió la llamada. Lo pedí y aceptó. Ya está, no hay más misterio.

—¡Ja! Pero sabes que nadie puede negarse a eso. Por eso, el enfado está justificado. Aun así, tengo que decir que sois los mejores putos amigos que he conocido y que conoceré en mi puta vida. Nadie pide eso y nadie lo acepta sin tener una amistad… poética. Signifique eso lo que signifique.

Ángel arqueó las cejas y se levantó. No iba a aguantar más sandeces.

—Voy al baño —anunció.

—Te acompaño —dijo Abril, insegura—. Si quieres, claro.

Ángel asintió mientras ella se levantaba, y Miguel hizo lo mismo.

—¿Podemos hablar? —dijo muy serio a Ángel.

—Habla, ya no hay secretos, ¿no?

—Para mí sí que los hay. Y si no, pues por respeto.

—Luego hablamos.

Ángel se dio la vuelta y Miguel levantó la voz:

—Si te vas al baño, no estaré cuando salgas.

Ángel dudó un segundo y resopló con la misma fatiga que expresó Damián.

—Espera un segundo —le dijo a Abril.

Agarró a Miguel por el brazo y lo llevó a la sala principal. El ambiente en aquella sala había cambiado, ahora la gente bebía y conversaba a un volumen exagerado. Su nivel de borrachera era tal que hasta a ellos les incomodaba. Sin embargo, el buen humor se respiraba en cada rincón. Ángel y Miguel buscaron un sitio en el que estar más tranquilos, pero fue imposible, así que, Miguel simplemente soltó lo que tenía guardado.

—¿En serio vas a irte al baño con ella?

—Mira… Me resulta increíble tener que explicarte esto —dijo Ángel, poniendo un gran esfuerzo en mantener la compostura—. Hoy es mi maldito último día, ¡hoy! Y ya está, se acabó. Me he esforzado por hacértelo más fácil, porque yo lo tengo más que aceptado. Ahora mismo quiero ir allí, estar con ella y hacer lo que coño tenga que hacer. Si no te gusta, puedes irte.

Ángel fue consciente de la dureza de sus palabras, pero no titubeó ni rectificó, pues sus deseos estaban por encima de la empatía.

—Pero me gustaría verte aquí cuando vuelva —añadió.

—Eres un puto manipulador de mierda.

Ángel asintió y esbozó la gigantesca, ridícula y forzada sonrisa que puso su amigo momentos antes.

—Sí que lo soy.

Palmeó en el hombro a Miguel y se fue. Miguel se quedó allí y fue a la barra mientras Ángel volvió a la mesa en la que estaban, cogió su copa y Abril cogió la suya.

—¿Vamos, señorita?

—Claro —contestó ella.

Mientras se dirigían al baño, Margarita y Damián se quedaron sentados en la mesa, y Damián se agenció la botella de *champagne* de Miguel.

7

Ángel y Abril estaban en el baño. Él se hacía una raya en silencio mientras ella fumaba un cigarro a sus espaldas.

—¿Quieres? —dijo él.

Abril negó con la cabeza mientras echaba el humo de su cigarrillo. Ante la negativa, Ángel dejó el billete en el lavabo y apartó el móvil, donde se estaba haciendo las rayas, a un lugar más alejado del borde. Se dio media vuelta y se quedó ahí, callado. Metió las manos en los bolsillos y miró como Abril fumaba. Aquello la puso nerviosa y decidió moverse al sentirse observada, así que dejó su copa en el lavabo.

—Oye… Abril, perdona por…

—No te sientas… —dijo ella al mismo tiempo.

Ambos sonrieron incómodos.

—Perdona lo de antes —se adelantó él—, no deberías haberlo visto. Ha sido…

—Raro —dijo Abril, sonriendo—. Pero ya sé algo más de ti.

—Supongo —dijo con desgana Ángel.

—¿Puedo hacerte una pregunta?

—Claro, no paran de hacerme preguntas. ¿Qué más da otra?

—Puedes negarte.

—Vale, me niego entonces.

Abril inclinó la cabeza, contrariada y con un atisbo de enfado.

—Anda, pregunta.

—¿Tienes novia?

—¿Esa es la gran pregunta? Esperaba algo más trascendental y profundo.

—Es transcendental y profundo, créeme.

—Pues no, desde hace un tiempo que no. ¿Por qué lo preguntas?

—Porque me da la sensación de que sí que la tienes, y si ahora no la tienes es porque la has dejado. Y creo que si la has dejado es porque no sabías cómo decirle lo que ibas a hacer. Y aún más, creo que sabes que, si se lo hubieras dicho, habrías cambiado de opinión, porque ella es la única persona que podría haberlo hecho, y precisamente por eso no se lo has dicho.

Ángel se mostró molesto, pero sonrió. La molestia se debía a que lo habían pillado; y la sonrisa, por lo mismo.

—¿De dónde sales tú? Tan molesta y tan…

—Soy Abril —dijo, haciendo una reverencia encantadora.

En aquel momento, nadie podía ser tan atractivo, tan nocivo y tan tentador al mismo tiempo, pensó Ángel. Y ya que era incapaz de estar a la altura de la conversación, se decantó por guardar silencio y esperar con gusto la siguiente estocada.

—¿He acertado entonces? —preguntó ella.

—De pleno. Obviamente, es más complicado que eso, pero sí.

Ángel, que notaba que la situación se movía hacia donde le gustaría, pero que tal vez no estuviera preparado, miró hacia los lados, disimulando. Cogió un cigarro y lo encendió como un tipo duro, a pesar de que le temblaban las manos. Abril notó su intranquilidad y se le escapó una risa que, lejos de humillar, era cálida y tranquilizadora.

—Te pones muy guapo cuando no sabes qué decir.

—Bueno… —contestó avergonzado.

Ángel se giró para tirar la ceniza al lavabo y, cuando volvió a girar, Abril estaba a escasos centímetros de su cara. Él echó el humo por la nariz y se le cayó el cigarro al suelo.

—¿Estás nervioso?

—Cualquiera que esté contigo a solas debería estarlo.

—Estamos de acuerdo —dijo ella mientras se acercaba despacio a los labios de Ángel.

Abril lo besó brevemente y separó los labios. El los buscó de nuevo, pero ella lo esquivó con dulzura.

—¿De dónde sales? —repitió Ángel.

Abril volvió a sonreír, sin mostrar los dientes, solo con sus labios carnosos. Sus ojos grandes, brillantes y marrones, componían aquella sinfonía. Uno era capaz de entender por qué para algunos el cuerpo de una mujer era arte, aquello lo era, y solo le hizo falta un rostro para descubrirlo, pues el cuerpo en aquel momento era secundario. Ángel era capaz de sentir lo que Abril sentía, y aquella mezcla de lujuria, curiosidad y atracción la resumió Abril con una suave caricia en sus pómulos.

Por momentos, la mirada de ella era amenazante, tierna y sensual a partes iguales. Ángel la besó con intensidad y la apoyó contra la pared mientras ella le besaba el cuello y le daba pequeños mordiscos. Él pasó lentamente su mano por la cintura de Abril hasta llegar a su culo. Ella levantó una pierna y abrazó con ella el cuerpo de Ángel mientras él recorría aquella pierna con ardor contenido. Ángel respiraba con más fuerza mientras Abril continuaba besando su cuello. Se desabrochó el pantalón sin dejar de besarla y quitó también el de Abril. Mientras se desnudaban, eran incapaces de dejar de mirarse el uno al otro.

Y se hizo la oscuridad. Solo podían ver la luz roja y tenue de seguridad, que iluminaba sus caras. Estaban solos en el mundo, solo importaban ellos dos y ese momento. Ambos gemían y reían sin voz. Él la abrazó tan intensamente que se fundieron en uno. En mitad del nacimiento de un nuevo amor, a Ángel le vino a la cabeza la última vez que vio a Esther, su novia.

8

Hacía mucho tiempo que Ángel no pensaba en aquel día. No es que fuera el detonante de su decisión, pero tampoco ayudó. Sus recuerdos se remontaron a cuando compartía piso con su entonces pareja, Esther. Ella era baja, lo que le hizo tener carácter, y sus rizos morenos y ojos azules fueron los que le atrajeron. Estaban en el salón, amplio para ser madrileño e iluminado con luz natural, que Ángel tapaba con las persianas, así que solo entraba la luz que se colaba por los agujeros. Salvo por la mesa de trabajo, que rebosaba trozos de papel de distintos tamaños con frases escritas, libros apilados, un portátil, un cenicero y una copa sin lavar desde el día en que la compró, el resto estaba impecable. Había un cactus pequeño y una foto de ellos en la Puerta del Sol, de cuando llegaron a Madrid, y no mucho más a destacar.

En mitad de un atardecer idílico y tranquilo, Esther caminaba nerviosa, gesticulando con las manos de un lado hacia otro, con su camiseta blanca favorita cubriéndole casi todo el cuerpo.

—¡¿De verdad me estás diciendo que te vas un año entero?! Tú solo, sin nadie, sin nada, sin… sin… Pero, ¿qué vas a hacer? ¿Qué quieres? ¿Qué buscas? Es que no… no lo entiendo.

Ángel se acercó lentamente a Esther y le bajó las manos, buscando tranquilizar la situación.

—Mi amor, sé que suena raro, pero… —dijo Ángel.

—Ni amor ni hostias. ¿A qué viene esto? ¿Desde cuando tienes pensado irte?

—Pues no sé, un tiempo —dijo indeciso mientras Esther se cruzaba de brazos.

—Un tiempo, ¿no? ¿Y a dónde piensas ir?

—No lo sé.

Aquella respuesta no convenció a Esther, que sonrió sarcástica.

—¿Has conocido a alguien?

—No.

—¿Tienes siquiera dinero para hacerlo?

—No lo creo.

Esther le dio la espalda y, acto seguido, él se acercó y la abrazó por detrás, pero ella se soltó al instante.

—No me toques, joder.

Ángel se apartó y Esther se quedó en el mismo sitio, en silencio. Una vez que tomó aire, se dio la vuelta y cogió un cigarro de la mesa baja del salón, que fumó con los brazos cruzados, dándole otra vez la espalda a Ángel. Tragó el humo con serenidad, disfrutando de la breve calma que su miedo había arrebatado, y se giró.

—¿Estás bien conmigo?

—Mi vida...

—¡¿Estás bien conmigo o no?!

—Sí, joder. Claro que estoy bien contigo. Te quiero, joder.

—Entonces, ¿por qué cojones te vas?

Ángel intentaba decir algo, pero solo agachó la cabeza.

—Joder, ni siquiera lo sabes, ¿verdad? —añadió Esther.

—Sé que quiero irme, quiero viajar. Quiero...

—Quieres dejarme, pero no sabes cómo.

—No quiero dejarte.

Esther volvió a suspirar. Se le acababa la paciencia y solo le salía ser sarcástica, aunque únicamente deseaba llorar.

—Vale, me voy contigo. ¿Cuál es el primer sitio a donde vamos?

Ángel, que negó con la cabeza, de nuevo intentaba pronunciar alguna palabra, pero no le salía. En vez de eso, cogió un cigarro y se tomó un tiempo excesivo para encenderlo. ¿Cómo iba a decirle que se sentía solo? ¿Cómo decirle que, en cierto modo, le echaba la culpa de no haber viajado, de no haber escrito más y de no haber hecho las cosas que él creía que le harían feliz? ¿Cómo podía explicar que quería desaparecer y volver, como si el tiempo no hubiera pasado, y contarle sus experiencias? Todo aquello sonaba horrible en voz alta, pero en su cabeza era el gran plan que siempre había soñado.

—¿A dónde vamos, mi amor? —dijo Esther burlona mientras Ángel la miraba avergonzado.

—Tengo que hacer esto solo. Lo necesito.

—Claaaaro.

Esther le tiró su propio cigarro a Ángel con desgana, pero él lo esquivó sin demasiado esfuerzo.

—Eres un cobarde. Eso es lo que eres.

—¡No es eso, joder! Es que…

—¡¿Qué, joder?! Es que, ¿qué?

Los balbuceos de Esther fueron las últimas palabras de la discusión. Tras ellas, se miraron mutuamente, Ángel desesperado y Esther furiosa. Ella suspiraba con desprecio, cogió sus llaves, se puso un pantalón vaquero y unas zapatillas y se dirigió a la puerta. Ángel la siguió y la agarró del brazo, quedándose uno frente al otro. Esther lloraba, él le secó las lágrimas y, como un acto reflejo, ella acarició la mejilla de Ángel con ternura, le dio un beso, exactamente igual que Abril se lo dio a

Ángel, y forzó una sonrisa como tantas veces hizo ante momentos difíciles.

—Yo sí que te quiero, Ángel.

Mantuvieron las miradas un tiempo inconcreto, conscientes de que sería la última vez que verían unos ojos cargados de amor, hasta que Ángel se acercó a darle un beso, pero Esther puso la frente. Con las cabezas pegadas, uno frente a otro, Esther volvió a sonreír con esfuerzo. No tenía sentido forzar el amor, ni siquiera enfadarse por la ausencia de él. El amor debía ser algo sencillo; tanto lo era que ella lo seguía queriendo, y de ahí dejarle marchar sin más.

Aunque Ángel no lo supo hasta mucho tiempo después, dejar a aquella mujer fue la peor decisión que pudo tomar. Pero las personas a menudo confundimos la lealtad y el amor con la dependencia, y, más a menudo todavía, somos cobardes. Tanto, que evitamos decir en voz alta lo que sentimos para poder equivocarnos a escondidas y llorar con público desconocido. Ángel lloró en todo tipo de lugares, como bares, restaurantes, bancos a las seis de la mañana, en el cine, en su salón, en la ducha… También lloró con Esther, pero las lágrimas con ella eran el principio de un cambio. Ahora solo eran el cambio que se acercaba a su final.

9

Ángel estaba a punto de llorar, pero se contuvo. Con ojos vidriosos y pensando en Esther, miró a Abril. Ella le acarició la mejilla con ternura, lo que le trajo recuerdos que necesitaba olvidar.

—Eh, ¿estás bien? —susurró Abril.

—Sí, sí, es... Yo qué sé.

—No es el momento, ¿no?

Ángel sintió una amalgama de agradecimiento, serenidad y vergüenza. Se subió el pantalón y Abril hizo lo mismo con su ropa.

—Sí, no... No sé, es como si tuviera que pedir perdón todo el tiempo, ¿sabes? —dijo él—. Es mi vida, debería poder hacer con ella lo que quisiera.

Abril ladeó la cabeza, debatiéndose en si darle la razón o no.

—Sí y no. Es más complicado que eso. Pero eso ya lo sabías.

—Supongo.

Ángel se encendió un cigarro mientras Abril terminaba de vestirse.

—Perdona por hacerte esto, te aseguro que no era mi intención.

—Tranquilo, ahora me gustas más si cabe.

—¿Y eso?

—¿Qué más da? No es que vayamos a volver a vernos, ¿no? —dijo Abril, sin ocultar su tristeza.

—No, pero soy curioso.

—Pues, como gata que dicen que soy, te digo que no es un buen camino.

—¿Y eso por qué?

—Porque puede que, si seguimos esta conversación, ya no quieras irte de este mundo. Y por las molestias que te estás tomando, y por pura generosidad, te digo que no es un buen camino.

—¿Generosidad?

—Me gustas, Ángel. Creo que ha quedado claro.

—Sí... —dijo con modestia.

—Igual crees que hago esto todos los días, o bien te crees especial y piensas que solo lo he hecho contigo.

—No me creo especial.

—Lo eres, no te estaba atacando.

Abril caminó rodeando a Ángel y mirando al suelo.

—Y aunque te vayas a ir y dejes atrás este apestoso mundo de mierda... —confesó Abril mientras encendía otro cigarro—, voy a echarte de menos. De hecho, voy a echar de menos la imagen que me crearé de ti, de quién eres o de quién podrías ser.

Abril dejó de caminar y se detuvo frente a Ángel. Él dio media vuelta y se metió sin dudar la raya que quedaba, como si no la estuviera escuchando.

—No tienes que preocuparte por eso, Abril. Al fin y al cabo, son solo siete días.

—¿Siete días?

—Claro, uno de resaca y seis para aceptar que al día siguiente te olvidaste de mí.

El daño que le hicieron aquellas palabras no las podría describir alguien que no tuviera cierta destreza con la escritura. Abril no la tenía, así que trató de forzar una sonrisa, pero le salió una mueca, un llanto ahogado, tal como ríen los payasos tristes.

—Empiezo a entender por qué tienes que pedir perdón —dijo Abril, que cogió su copa y puso punto y final a la conversación.

Dio una calada y le tiró el cigarro a Ángel, que lo esquivó con la misma facilidad que con Esther. Abril se fue y él cerró la puerta, se apoyó de espaldas en la puerta y se dio cabezazos en ella. Recogió el cigarro de Abril del suelo, aún le quedaba más de la mitad y era lo único que le quedaba de ella. Estaba tan acostumbrado a la brevedad de la gloria que cinco caladas eran hasta demasiado para el sabor de una victoria que sabía que era ficticia desde el mismo momento en que participó. Se colocó frente al espejo, dio una calada y tiró el humo al espejo.

—Eres imbécil, joder. Pero ¿qué coño esperaba? ¿Un final feliz? —se dijo Ángel en voz alta.

En aquel espejo, su reflejo cobró vida por momentos. Su imaginación podía llegar a esos niveles, aunque esta vez no fue de su agrado.

—También podrías haber sido más amable, no hace falta que rompas todo lo que no vayas a volver a ver. Basta con que te rompas a ti mismo —dijo el reflejo de Ángel.

—Ya estoy roto —se contestó.

—Pues no eches la culpa al mazo que te rompió o al pegamento que intenta unirte.

—¿Y a quién culpo?

—A mí.

—¿A ti?

—Claro. Realmente no hay culpables, pero, si te empeñas en buscar uno, lo tienes delante de ti.

—También podría culpar a la sociedad.

—Sí, pero eso no va conmigo.

—Ya, tampoco conmigo.

—Tú no buscas un culpable tan abstracto. La sociedad te ha dado cosas buenas y malas. Necesitas concretar.

—¿Y tú eres esa concreción?

—Soy tu excusa.

—No necesito excusas.

—Entonces, ¿por qué las buscas?

—No lo hago, busco motivos.

—Motivo es el hermano guapo de la excusa.

—Vale, busco una excusa. ¿Tan malo es eso? No es fácil, ¿sabes?

—Lo sé, estás muerto de miedo.

—No estoy muerto de miedo.

—Lo estás. Si yo lo estoy, tú lo estás. Pero tú mandas en el cuerpo, yo solo puedo disuadirte.

—No quiero que lo hagas.

—Claro que quieres, esa es la excusa que andas buscando.

—¿Qué?

—Oh, por favor. No hablamos de la excusa para morir. Buscas la excusa para vivir. Perdón, un motivo —dijo el reflejo de Ángel con sorna.

—Vete a…

—Tomar por culo, sí. Ahórrate esas tonterías, ¿vale? No me gusta que hables así, con tanta palabrota.

—Hablaré como me salga de los putos cojones —respondió irritado, lo que hizo reír a su reflejo.

—Vale, vale. ¿Qué vas a hacer entonces?

—¿Qué voy a hacer con qué?

—Con todo. Tienes, o crees que están fuera esperándote, a dos personas. Una es tu mejor amigo. Y la otra, la mujer que he estado esperando toda mi vida.

—¿Y por qué una es tuya y la otra es mía?

—Las dos son tuyas, pero solo vas a reconocer a una. Ahorro tiempo, que no tenemos mucho, ¿recuerdas?

—¿Y qué coño quieres que haga?

—Tienes el cuerpo, yo solo…

—Ya, ya, joder. Qué fácil, ¿no? Tú hablas y yo actúo.

—Así ha sido siempre. Nunca te vi quejarte.

—No es tan fácil, joder. ¿Qué quieres que haga? ¿Que salga ahí a pedir disculpas? ¿Para qué? No importa nada de lo que diga.

—Falso, todo importa. A veces, hasta lo que no dices importa más que lo que dices.

—¿Sí? ¿Quién sabe?

—Tú lo sabes, sin ir más lejos. Es la conclusión a la que llegaste cuando Esther te dejó.

Ángel asintió a regañadientes y evitó mirar al espejo.

—No te avergüences de ello —siguió su reflejo—, fue una buena lección.

—Supongo.

—Bueno, ¿qué vas a hacer? Miguel se ha mosqueado y Abril… Bueno, ¿quién sabe? Reconozco que está un poco loca —rio—. Pero esconderse aquí no va a solucionar nada.

—¿Qué propones?

—Vete a casa, descansa y mañana será otro día.

—¿O…?

—O hazlo ya y no exijas testigos.

—¿Esa es tu estrategia? ¿Hacerme sentir culpable? Yo no he obligado a nadie.

El reflejo de Ángel soltó una carcajada seca, humillante pero necesaria.

—Bueno, no hay pistolas, eso es verdad. Pero tampoco finjas que le has dado elección a nadie.

—Pueden hacer lo que quieran.

—No si te quieren. Y te quieren, lo sabes y te aprovechas de ello. No es mala jugada.

—Ya estamos. Mira, como conciencia, entiendo que intentes hacerme sentir culpable, pero así no lo vas a conseguir.

La risa de su reflejo volvió a resonar en el baño, esta vez casi de forma excesiva. Ángel esperó de mala gana a que terminase de humillarle y se explicase.

—Amigo mío, tu conciencia nunca te diría lo que estás escuchando —dijo con autosuficiencia—. Soy tu lógica, joder. Tú ya has domesticado tu conciencia. ¿Cómo, si no, ibas a estar aquí esta noche haciendo lo que estás haciendo, y encima disfrutándolo?

Ángel asintió con desgana, y su reflejo se quitó de encima resquicios de su anterior carcajada.

—Tienes ingenio, eso hay que reconocerlo —dijo su reflejo, ya más serio—. De todos los procesos mentales y sentimentales, solo quedo yo.

—Brindemos por eso —dijo Ángel con sarcasmo y dio un trago—. Bueno, ya que eres mi lógica, ¿cómo puedo vencerte?

—Esa es mi ventaja. Está fuera de toda lógica quitarse la vida. Solo lo consigue quien está dispuesto a ir contra sí mismo. Y la mayoría de ellos hacen lo mismo que tú: beber y drogarse como auténticos hijos de puta.

—¡Brindo por ello!

Esta vez, rieron los dos.

—Tu caso puede que sea distinto. Solo puedes hacer una cosa para convencerme.

—¿Y es…?

—Tose.

—¿Cómo dices?

—Tose.

Ángel, extrañado por lo inusual de la petición, tosió con desgana.

—Otra vez —insistió su reflejo.

Ángel tosió un poco más fuerte.

—Otra vez.

Ángel tosió con firmeza.

—¡Otra vez! —exclamó su reflejo, como si fuera un general forzando al máximo a los novatos.

Ángel tosió con todas sus fuerzas y esputó sangre. Al verla en sus manos, continuó tosiendo en un círculo vicioso. Perdió fuerza y escupió el resto en el lavabo. Su reflejo sonreía como si hubiera obtenido una gran victoria.

—Lo conseguiste. Casi puedo entenderte.

Ángel levantó su copa sin mirar al espejo y mirando la sangre caer en el lavabo.

—Brindo por ello —dijo con dificultad.

Dejó con firmeza la copa sobre el lavabo y se quedó ahí, mirando la sangre caer por el desagüe.

10

Miguel estaba solo en la barra, sentado en un taburete y bebiendo copas en un par de tragos. El camarero se la llenaba sin preguntar. Habían llegado a ese acuerdo y al tipo no le importó tener a un borracho más. Cuando llevaba unas cuatro o cinco copas, el camarero trató de llenarla de nuevo, pero Margarita se lo impidió, poniendo la palma de la mano encima con suavidad.

—Si no quieres estar con Ángel, díselo, pero no te mates antes que él para tener una excusa —dijo Margarita con autoridad, aunque sonriendo.

Miguel soltó aire por la nariz simulando una sonrisa, con una actitud aparentemente sensata. Margarita se sentó en un taburete mientras él miraba su copa y ella, que traía su margarita y bebía de su pajita, miraba a Miguel con ojos inocentes y faltos de prudencia.

—¿No vas con Damián? —dijo él, despreciando el fondo del vaso.

—No, conoce aquí a todo el mundo. Y suele hablar con todo el mundo, pero te has dejado la botella de *champagne* y con eso es feliz.

Miguel miró el interior del bar a través de un cristal que estaba junto a la puerta que separaba ambas salas y pudo ver a Damián frotarse las manos y coger la botella de *champagne* con cuidado, hasta que dio un trago largo, cayéndole la bebida por la cara y dejando toda educación a un lado.

—Sí, parece que está bien —dijo Miguel, con sarcasmo.

—Además, quería estar contigo.

Él se encendió un cigarro sin mirar a Margarita.

—No soy buena compañía ahora mismo.

—Eso deja que lo decida yo.

—Era una forma más o menos amable de pedirte que te fueras.

—Bueno, dadas las circunstancias, mejor nos olvidamos de los modales —dijo, quitándole el cigarro a Miguel para darle una calada y devolvérselo—, ¿no?

—¿Me puedes dejar solo? —insistió hastiado—. Por favor.

—Esos modales… —dijo Margarita, con la sonrisa que la caracterizaba.

—De verdad, no quiero hablar.

—Claro que quieres hablar, solo que te da miedo porque no me conoces. Pero subestimas la oportunidad que tienes delante.

—Ah, ¿sí?

—Sí. Hay cosas maravillosas en este mundo, pero desahogarte con un desconocido, volcar toda tu mierda encima y no volver a saber nada de él es… —rio con picardía—. Hay pocas cosas que superen eso.

Margarita dio un sorbo a su margarita y se estremeció con ligereza.

—Igual tienes razón —dijo Miguel mientras bebía y se giraba hacia ella.

Margarita se acomodó y se preparó para escucharle, sonriendo, de una forma tan atenta e inocente que era difícil distinguir si se estaba cachondeando de él o si realmente le interesaba y se expresaba de aquella manera.

—Voy a ir directo al grano —soltó él.

Margarita se estremeció.

—¿Por qué coño te hace tan feliz un margarita?

Ella, sorprendida al no esperar esa pregunta, escondió su sonrisa tras unas manos pequeñas y de uñas verdes —que reservaba para los merecedores de ella— y el pequeño trago que acababa de expulsar.

—Es la primera vez que lo pruebo. Y me gusta beber algo que lleva mi nombre.

—Ya, eso lo puedo entender. Pero ¿a qué tanto entusiasmo? —preguntó con incredulidad—. Es más, ¿a qué viene tanta ilusión por todo?

Margarita se encogió de brazos y se cubrió nuevamente con sus diminutos dedos.

—¿Sabes? Me he pasado toda la vida enfocándola en algo que al final no me gusta. He terminado una carrera que no voy a ejercer. También me he reprimido mucho por mis padres y por mis amigos. No he salido cuando quería salir, no he follado cuando quería follar y, bueno, he llorado, ya que a las mujeres se nos permite llorar. Pero ¿de qué sirve llorar sin nadie que te consuele? He llorado sola y he llorado con gente que esperaba a que terminase de hacerlo. ¡Incluidos mis padres! —exclamó como si fuera un final sorpresa de un chiste que Miguel no terminaba de comprender—. Y me he perdido la vida. No voy a experimentar el amor adolescente, no voy a bañarme desnuda en la playa y sentir vergüenza con mis amigas, no voy a engañar a mis padres con la hora de llegada ni voy a perder una amiga por un chico. Tampoco voy a tener un viaje de fin de curso…

—Vaya…

Margarita miró a Miguel risueña, sorprendida de que aquello último le hubiera engañado y de que, aun teniendo los ánimos bajo cero, él sacara fuerza para mostrar empatía.

—¡No seas bobo! No he tenido eso, pero lo tengo ahora. Aún soy joven y, aunque no lo fuera, haría exactamente lo mismo. Voy a salir todo cuanto quiera, voy a acostarme con quien quiera y voy a fascinarme por todas las tonterías que quiera. Porque eso es lo que quiero, y lo que me llevo de lo vivido es que es una tontería pensar en lo que los demás opinan de ti. Voy a hacer todo lo que quiera. Solo hay una cosa que no pienso hacer más.

Dio un gran sorbo ruidoso a través de la pajita, algo que a muchos molestaría, pero en ella todo era adorable.

—No voy a llorar, no pienso llorar más —continuó tras el trago—. No, a menos que mis lágrimas broten de forma impulsiva. Pero al menos sabré que esas lágrimas merecen la pena y no son lloriqueos de impotencia.

Margarita le cogió de nuevo el cigarro, dio una calada y lo devolvió.

—Ahora dime, Miguel, ¿por qué lloras?

Quedó impresionado por las palabras de Margarita y dio un trago para que le diera tiempo a pensar en las respuestas que vendrían.

—No lloro, es complicado.

—Lloras sin lágrimas, reconozco a los de mi calaña.

—Lloro la muerte de un amigo. ¿Tan raro es?

—Aún está vivo.

—Sí, pero va a suicidarse en unas horas, y yo soy su segundo.

—Te ha elegido a ti. ¿No es eso algo bueno?

Miguel soltó una carcajada y se tapó la boca con las manos, manchadas de tinta, al ver la cara seria de Margarita por primera vez.

—Perdona, mujer. Es que esperaba escuchar algún consejo o algo que me hiciera sentir bien. Incluso esperaba condescendencia, pero no eso.

Y continuó riendo, aunque con menos sonoridad.

—¿Y bien? —insistió ella, haciendo caso omiso a aquella grosería.

—No es bueno, Margarita. No es bueno. Es casi lo peor que te puede pedir un amigo.

—¡Oh! Yo diría que es lo peor que te puede pedir un amigo.

—¡Ja! ¿Y tengo que sentirme privilegiado porque un amigo me pida lo peor que pueda pedir?

—Eso no es lo que digo, pero, ya que se va a quitar la vida, mejor que esté con la mejor persona posible, ¿no crees?

—Yo no soy la mejor persona. Hazme caso.

—Bueno, para él sí. Es como si su última cena fueran patatas fritas y aceitunas. Parece una cena espantosa, pero, si a él le gusta, ¿qué importa?

—Visto así… Yo qué sé, ¿qué quieres que te diga? ¿Que lo entiendo? La verdad es que no sé ni por qué estoy aquí.

—¿Hace cuánto que no lo veías?

—¿A Ángel? Cuatro o cinco años.

Margarita arqueó las cejas, sorprendida e incapaz de pronunciar palabra alguna que describiera su sorpresa.

—Ya… —sonrió avergonzado—. También es raro para mí.

—¿Puedo preguntar por qué tanto tiempo sin hablaros?

Miguel no quería responder, era ridículo. Pero callarse supondría que volara la imaginación de Margarita. Así que dio un trago y esbozó una media sonrisa para quitarle hierro al asunto, aunque no lo consiguió.

—Porque no me llamó.

—¿Perdón?

—Sí, ya sabes. Una vez llamas tú y la siguiente te llaman. Así se mantiene el equilibrio y ninguno es dependiente del otro. Pero dejó de llamar, yo esperé a ver cuánto tardaba y...

—¡¿Cuatro años?! —exclamó mientras Miguel miraba a su copa, riéndose de sí mismo.

—No, pero el tiempo suficiente para que la relación se enfríe. ¿Nunca te ha pasado?

—Nunca he tenido amigos.

—Vaya... Pues nunca dependas de ellos, Margarita. Ya ves lo que pasa.

—No lo haré. O tal vez sí, no sé. La dependencia te ha hecho venir, igual no es tan malo.

—No te equivoques, vine porque me manipuló.

—Entiendo que para ti es algo malo que te manipulen. Pero, en vez de quedarte en casa, has venido.

—Sí... Porque me han manipulado.

—Claro, pero esa manipulación se basa en la amistad. Una amistad fuerte, por lo que veo, así que igual no das buenos consejos.

—¡Ajá!, ¿o sea que Ángel es el tipo bueno de esta historia?

—Me guardo para mí esa opinión —dijo con su encantadora sonrisa—. Solo decía que, por lo que sea, tenéis una amistad fuerte. Y eso es algo que me gustaría tener algún día.

—Sí, bueno. La amistad es inquebrantable y maravillosa cuando tienes quince años. Luego, creces y se rompe por una gilipollez, como no devolver una llamada.

—Igual es que no quería llamar.

—¡Pues claro que no quería llamar! Ese es el tema. Creces y quieres cambiar de hábitos, de gente, de... no sé. El mundo no se reduce a una amistad quinceañera.

Miguel dio un trago, provocado por la frustración que le daba tener que explicar algo así, y al mismo tiempo caer en la cuenta de lo ridículo que sonaba en voz alta.

—Hazme caso, Margarita. Si ves a alguien resignado y amargado, es que tiene amistades por inercia.

—¿Pero no hiciste tú lo mismo?

—¿Cómo dices?

—Bueno, Ángel no llamó, pero tú tampoco. ¿Pediste explicaciones o…?

—No, joder. Tardé como siete días en sentirme liberado. Y también culpable por sentirme así.

—¿Y por eso has venido? ¿Para no sentirte culpable?

—No sé por qué estoy aquí, es lo que intento decirte. Por una parte, sí, es mi amigo, joder, pero, por otra…

—Igual no es tan amigo, ¿no?

—Pues igual no. ¿Qué clase de amigo hace esto? —dijo mientras se frotaba los ojos, cansado—. Es todo tan… frágil. Es como esos platos que giran encima de un palo de madera y, si dejara de estar atento a uno de ellos… ¡Pam!, a la mierda todo. Hay demasiados putos platos, joder. No puedo con todos.

Dio una calada y expulsó el humo con fuerza, inundando la sala de más humo todavía.

—Supongo que Ángel es un plato roto para mí. Aunque nunca hayas roto uno, al menos sabrás que es inútil repararlo. Empeñarme en arreglar el puto plato, Margarita, ese es mi problema.

—No, el problema es que eres muy derrotista y un poco dramático, sin ofender. Si algo se rompe, se arregla y punto. A veces, hasta tiene más valor si está roto. Por tu forma de vestir, de moverte y de expresarte, me da la impresión de que eso ya lo sabías. Te veo escuchando música en *cassette* o vinilo, con alguna radio antigua reparada que aprecias más que cualquier equipo nuevo.

—¿Y qué quieres que haga? ¿Qué se supone que tengo que hacer?

Margarita dejó la copa en la barra y giró su taburete hacia el centro de la sala. Miguel la imitó y ambos miraron al detalle aquella sala donde la gente reía si miraban de una forma global, pero cuando dirigían su atención a una persona en concreto, la cosa cambiaba. Lo que parecía una cita perfecta se resumía en un tipo hablando sin escuchar y una chica mirando sus mensajes. Encontraron personas que bebían con ansiedad para alcanzar ese estado de ebriedad que les hiciese olvidar por qué estaban allí, y también a un grupo de mujeres que debían tener un alto grado de intelectualidad por el modo en que miraban al resto, con sumo desprecio y posteriores risas disimuladas. Y entre toda esa multitud, Margarita y Miguel, que, siendo un habitual de aquel local, serían descritos como «gente fuera de lugar», pero no era algo que les importara.

—Como antes te he dicho, hago lo que quiero —prosiguió Margarita—. Otra cosa es que esa sea la forma correcta de vivir. Pero, ya que no tienes una segunda oportunidad, simplifícalo. O te vas o te quedas. Es tu amigo o no lo es, así de simple.

Margarita giró su taburete hacia Miguel, y él lo giró hacia Margarita.

—Es más… Si te vas, a nadie le va a importar un carajo. Primero, porque Ángel estará muerto, y segundo, como te he dicho al llegar, la ventaja de desahogarse con un desconocido es que al día siguiente no darás explicaciones.

Miró al vacío, dubitativo, pero Margarita consiguió atraer su atención al señalar la puerta del bar con una mano y girarle la cabeza con la otra.

—Ahí está la puerta. Vete, descansa y a otra cosa. O quédate aquí —añadió ella, dando golpecitos a la barra—. Y admite que, aunque te moleste, sigue siendo tu amigo.

Miguel se fijó en la puerta, después en el interior del local y, por último, en Margarita, que bebía inocentemente su margarita. Eso enfadó a Miguel, que pensó que no podía estar diciendo las cosas que le estaba diciendo y seguir con esa actitud desenfadada. Aquella era la madre de las tesituras, pero le daba la impresión de que cualquier opción era mala. Creyó que se arrepentiría hiciera lo que hiciese, y, ante eso, lo menos que se podía esperar de alguien que se posicionaba como consejero era comprensión, no indiferencia. Aunque él no sabía que Margarita no sentía indiferencia, sino prudencia y moderada esperanza de que aquellas palabras y aquella actitud sacaran a Miguel de su indecisión.

—¡¿Sabes qué te digo?! —exclamó Miguel con furia—. Que te jodan. Que te jodan a ti, a tus putos margaritas y que le jodan a Ángel. Voy a simplificar las cosas, pero a mi manera. O me voy o me quedo, ¿dices? Hay una tercera opción.

Miguel dejó dinero en la barra y le quitó el margarita de las manos. Caminó rápido hacia la sala interior del bar, bebiendo el cóctel y reventándolo contra el suelo. Damián le saludó muy contento, borracho y bebiéndose su *champagne*.

—¡Que te jodan! —le dijo Miguel, enfurecido.

Damián reía como un descosido y siguió bebiendo. Miguel caminaba decidido y fue hacia el pasillo donde se encontraban los baños. Se cruzó con Abril, que fumaba un cigarrillo bajo la luz suave de un foco medio roto y que, al igual que sus anhelos, parpadeaba de forma intermitente. Miguel esperó alguna reacción, pero Abril estaba en su mundo, así que continuó hacia la puerta del baño de caballeros. Se dispuso a llamar a la puerta, pero se detuvo justo antes de hacerlo, y entonces la abrió de una patada.

Ángel estaba sentado en el suelo, con la camisa llena de sangre. Y en aquel momento, todo el enfado y furia que traía se transformaron en preocupación. Corrió hacia él y se agachó alarmado, tratando de ayudarle, pero respetando su espacio, como si fuera a romperse. No hicieron falta palabras.

Eran amigos, cabrones, egoístas e inmaduros, pero se querían. Con la ayuda de Miguel, Ángel se levantó y salieron juntos del baño. La fiesta se acabó, cruzaron el local con todas las miradas puestas en ellos. Abril daba una calada a un cigarro cuando vio el estado de Ángel, y se le calló de la boca. Tuvo que tragar saliva y aguantar la respiración para no gritar, pero, pese a sus esfuerzos, se le escapó una lágrima. Ángel le pidió disculpas sin palabras, con la cabeza gacha, una mirada temblorosa y con lágrimas mezcladas del dolor de aquella tos y por haber tratado así a la mujer que siempre estuvo esperando. De no ser así, ella tampoco lo merecía.

Damián, al ver el estado de Ángel cuando llegaron a la sala principal, se derramó el resto de la botella de *champagne* en el pecho. No dijo nada, y ni siquiera se podía decir que los mirase. Miraba al infinito, o a sí mismo, y entendió la estupidez de sus palabras en la mesa. Pero, siendo sinceros, aquello le duró hasta que se fueron.

Con dificultad, llegaron a la entrada. Margarita seguía allí, sola, mirando el mundo que la rodeaba, hasta que Ángel y Miguel atravesaron la puerta. Margarita soltó la pajita con la que bebía su nuevo cóctel mientras Ángel se escondía tras Miguel. No quería hablar con nadie, ni mucho menos dar explicaciones, pero Miguel sí que la miró agradeciendo sus palabras, pues entendió sus intenciones. Margarita no dejó de sonreír en ningún momento, pero, aun con aquella ternura y habiendo prometido que nunca lloraría, las lágrimas brotaron a su pesar.

Miguel se ayudó de su espalda con más firmeza para llevar a Ángel y juntos salieron de aquel lugar al que jamás volverían, salvo cada noche del resto de sus vidas.

11

Llegaron a casa de Ángel con premura, pero más tranquilos, ya que se había recuperado un poco. Entraron a oscuras y Ángel se apoyó en la espalda de su amigo para acceder a la entrada. Miguel encendió la luz y cerró la puerta mientras el otro caminaba sin ayuda hasta el sofá del salón.

—Siéntate donde quieras —dijo Ángel.

Miguel hizo caso omiso de aquellas palabras y observó la casa. Había un evidente desorden general, pero se podía distinguir un cierto orden dentro de ese caos. Las botellas de alcohol vacías estaban apiladas junto a la puerta de la cocina, y las latas de cerveza tenían su sitio en la mesa del salón.

En un lateral del sofá había restos de comida precocinada, con sus correspondientes cubiertos de plástico y moscas. Bordes de *pizzas*, servilletas de papel, colillas, ceniza… Ese tipo de cosas se encontraban repartidas sin ningún tipo de explicación por el piso, salvo la dejadez, claro está.

Miguel entró al salón con cautela y, empujado por la curiosidad, caminó observando meticulosamente la estancia. En una mesita, junto al mueble del salón, había un viejo tocadiscos con un vinilo gris, por el polvo de años quizá, girando con la aguja quitada y con la etiqueta rota. Miguel tocó el vinilo y dejó un surco al llevarse con el dedo parte del polvo. Se sopló la yema y miró a

Ángel, que estaba tumbado bocarriba en el sofá, con una mirada acusadora que ignoró.

Se detuvo al fondo del salón, en un escritorio que estaba bajo una ventana con las persianas bajadas, como todas las del piso. Era la mesa de trabajo típica de un escritor: sucia, con un cenicero hasta arriba de colillas y un flexo medio roto, con la bombilla más sucia que el tocadiscos. Sobre el escritorio había tres montones de papeles sin ningún orden aparente. Miguel levantó por la mitad uno de ellos sin prestarle atención, pero, al ver escritos recientes de Ángel, se alegró sin mencionarlo, lo que le dio esperanza. Seguidamente, distinguió lo que parecían gotas de sangre seca en el escritorio.

Pasó los dedos por encima de la mancha y volvió a mirar a Ángel, que se había reclinado y bebía cerveza de un vaso sucio que parecía llevar ahí mucho tiempo. Miguel continuó inspeccionando el escritorio y se detuvo en una esquina donde había un montón de fotos antiguas de Ángel recitando poesía, dirigiendo a actores y, las más numerosas, en las que estaban ellos dos bebiendo junto a Esther. Entre las fotos, resaltaba una bastante vieja. La sacó sin que su amigo notase nada y dejó el montón donde estaba. En la foto, aparecía un Ángel de unos trece o quince años, montado en una bicicleta de montaña y en un sendero de un monte con grandes árboles.

—¡Eh! —dijo Ángel.

Miguel, nervioso, pensó que quizá era demasiado lo de curiosear fotos antiguas que guardaría por algún motivo. Así que giró la cabeza para comprobar qué quería su amigo.

—Ven aquí, anda. Ya cotillearás mis cosas luego —dijo Ángel, sin enterarse de nada.

Aliviado, Miguel asintió y se guardó la foto en un bolsillo. Cogió la silla del escritorio y la acercó al sofá.

—¿Cómo vas? —dijo Ángel.

—Pues bastante ciego, la verdad.

—Yo estoy destrozado también, joder. Estamos viejos ya —dijo, riendo y provocando la risa de Miguel al mismo tiempo.

—Sí… ¿Cómo estás tú?

Ángel, que veía una pregunta muy difícil de contestar en ese momento, se rascó la cabeza e hizo una mueca forzada apretando los labios, como una sonrisa triste.

—Bien, bien. Solo algo cansado —simplificó su mentira.

Miguel sonreía, pensando en la foto que tenía en el bolsillo, lo que extrañó a Ángel:

—¿Qué?

—Nada —mintió.

—No, en serio, dime. ¿He dicho algo o…?

Miguel sacó la foto, como si fuera un billete con los gastos pagados a las Bahamas, pero no se la mostró.

—¿Qué es eso? —preguntó Ángel.

—No pensaba enseñártela, pero… —dijo mientras se acercaba a su amigo y le entregaba la fotografía— ¿por qué guardas esta foto?

Ángel la miró y se llevó las manos a la cabeza, sorprendido por ver aquella imagen tan antigua y por la reacción de Miguel, pues para él no era tan importante.

—A ver, ¿por qué crees tú que la guardo?

—¿No puedes responder y ya está?

Ángel sonrió, disfrutando al hacer sufrir a Miguel, que se moría por saber la historia que había detrás de aquella fotografía.

—Creo que la foto dice mucho más de lo que parece a primera vista. Veo esta foto y me da la impresión de que te importa quién te la hizo o lo que estabas haciendo antes. O puede que después de aquello tuvieras tu primera experiencia sexual, yo qué sé —bromeó—. Pero no creo que solo sea un chaval montando en bici.

—Ese día murió mi padre… Él no hizo la foto —dijo con una pausa grandilocuente y con semblante serio—. La hiciste tú.

—¿Qué? ¿Cuándo? No me acuerdo de…

Ángel se echó a reír. Volvía a tomarle el pelo.

—No fuiste tú, joder. Me odiabas por aquel entonces, ¿recuerdas?

Miguel rio forzado, obligado por la situación, y se frotó la mandíbula para disimular su vergüenza al recordar aquellos tiempos.

—Sí, no tuvimos un buen comienzo —reconoció.

Ángel agitó la foto como si la estuviera revelando, casi como si fuera la primera foto que había revelado y disfrutase con aquella magia.

—No, es solo que… Creo que es la única foto en la que salgo sonriendo y feliz —desveló Ángel—. Lo más curioso es que no recuerdo ese día, pero al mismo tiempo sí lo recuerdo. No sé, me he ido inventando tantas historias alrededor de esa foto que ya es como si fuera real y ese hubiese sido el mejor día de mi vida.

Ángel tiró la foto encima de la mesa, como si no tuviera ningún valor. Ambos guardaron silencio hasta que Miguel la recuperó y la sostuvo como si hubiera encontrado un tesoro perdido del que pronto se desprendería.

—¿Y cómo fue ese día?

Ángel arqueó las cejas, como un anciano que trata de recordar el día en que conoció a su mujer, encendió un cigarro y dio un trago a la cerveza caliente. Eso le evocaría sus falsos recuerdos.

—Pues… fue un día soleado y seco. De esos días en los que la luz del sol es tan intensa que consigue colarse por cualquier recoveco de la ventana y despertarte. Fue a comienzos de primavera, lo recuerdo porque aún hacía frío y se podía salir con ropa de invierno, pero más ligera, que es mi favorita. Esa mañana, mi madre se levantó de buen humor y preparó un desayuno americano. Yo nunca suelo tener apetito por la mañana, pero aquel día habría comido lo que estuviera en la mesa. Era como si mi cuerpo supiera que me iba a hacer falta un buen desayuno para hacer frente al día que tendría por delante. Así que, atraído por el aroma a café, fui a la cocina y me senté en la mesa. Allí había huevos fritos, beicon, tortitas... No sé, creo que había hamburguesas también, no sé muy bien por qué. Mi padre me llevó a una zona apartada de la ciudad, donde había una gran cuesta de tierra húmeda por la lluvia del día anterior. La pendiente medía algo así como dos kilómetros y estaba marcada por las ruedas de los camiones. Era como un circuito. Yo tenía miedo porque la pendiente era impresionante y, si me caía, podría acabar en el hospital. Pero mi padre me cogió del hombro y me dijo: «Tranquilo, todo va a estar bien. Eres bueno montando y, si tienes eso, lo tienes todo hecho. Solo tienes que controlar tus nervios». Yo seguía estando un poco indeciso, pero mi padre me empujó y me lanzó cuesta abajo. Recuerdo que me costaba sostener el manillar, me temblaba todo el cuerpo y, cuando trataba de frenar, las ruedas derrapaban; y si dejaba de pedalear, iba más rápido. Así que solo podía sortear el camino y rezar para que todo fuera bien. De repente, una ráfaga de viento me llevó hacia un lado, yo miré para ver qué estaba pasando. Y lo que pasó fue mi padre a una velocidad increíble, que me adelantaba y me retaba para que fuera más rápido. En ese momento, dejé de pensar en mi cuerpo y en las consecuencias. Solo quería adelantarlo, como nunca lo había hecho. Tenía que ir con cuidado, pero sabía que mi padre conocía el camino de memoria, así que le seguí por donde iba. Si él giraba, yo giraba; si él pedaleaba, yo pedaleaba; si el derrapaba o daba un salto, yo hacía lo mismo con un coraje que no sabía que tenía hasta ese momento.

—¿Y cómo acabó? —preguntó intrigado Miguel.

—No sé, supongo que me caí —bromeó—. Nunca he tenido la necesidad de saber cómo acaba. El camino es lo importante.

—Bueno, a veces los finales importan.

—No esta vez.

Miguel iba a replicar esa estupidez, pero le interrumpió la alarma del reloj. Quitó la alarma, cerró los ojos y los abrió buscando los de Ángel. Ambos reaccionaron al mismo tiempo, pues sabían lo que significaba.

—Oye... —dijo Miguel.

—Mira... —dijo Ángel al mismo tiempo.

Para evitar el silencio incómodo, hablaron incómodamente.

—No hace falta que... —prosiguió Ángel.

—Déjame más tiempo —interrumpió su amigo.

—Como quieras. Lo del reloj es una gilipollez.

—Vale.

Ángel esperaba que Miguel dijera algo, pero no lo hizo. La espera derivó en risas incómodas que trataban de sobreponer la tensión del momento.

—Vale, vale. Un segundo, es que es una situación rara —dijo Miguel.

Ángel disfrutó al verlo tan nervioso. Por primera vez, aquel tipo meticuloso, orgulloso y extremadamente controlador no sabía qué hacer, no tenía respuestas ni nada preparado.

—Tranquilo, Miguel. Si quieres, nos quedamos callados.

—No, no, joder. Eso sería peor. A ver… —Miguel se levantó y buscó algo que coger del piso. Buscaba de forma hiperactiva y se volvió a sentar decidido—. Ya sé.

—Bien, dime.

—¿Tienes algo para mí? ¿Para tu familia, amigos…?

—¿Así quieres romper el hielo? —dijo Ángel, incrédulo por la propuesta.

—Ya, no ha sido lo mejor. Bueno, podemos…

—No, está bien que lo hayas dicho. La verdad es que tengo unas cartas que quiero que entregues.

—Claro, ¿dónde están?

—Ahí, encima de la mesa —dijo mientras señalaba el escritorio y Miguel se dirigía a él antes de que lo señalase.

—Pero aquí solo hay escritos tuyos.

Miguel buscó entre los montones de papeles, libretas y bolígrafos a punto de secarse hasta que distinguió unos sobres grandes, tamaño A4, con nombres. Eran cinco sobres, con los nombres de Laura, Cristóbal, Esther y Juan, además de otra dirigida a los padres. Miguel ojeaba aquel desorden y dejó en peor estado el escritorio, si es que podía estarlo.

—Debe haber cinco sobres —aclaró Ángel.

—Vale —aceptó Miguel sin rechistar. Cogió de mala gana las cartas y volvió a su asiento.

—Hay dos problemas con los sobres —dijo Miguel.

—¿Qué problema hay?

—Bueno, para empezar, conozco a Laura, a Esther y a tus padres, pero a los demás no.

—Cierto… No había pensado en eso. Bueno, quédate mi móvil, le he quitado la contraseña. Ahí están sus números.

—Vale.

—¿Y el otro problema?

—¿No sabes cuál es? —preguntó Miguel, conteniendo su enfado.

—Pues… no sé. Dímelo y acabamos antes.

—¡Pues que no hay una puta carta para mí! ¿De verdad tienes la poca vergüenza de pedirme que venga a pasar el maldito último día contigo y ni siquiera hay una puta carta?

Ángel calmó los nervios de Miguel con un suave gesto de manos y añadió:

—Tranquilo, joder. Todo tiene su explicación.

—¿Y cuál es?

—Que te conozco. Si te hubiese escrito una carta, de vez en cuando la leerías y siempre sería la misma. Te regodearías en ella y te obsesionarías. He pensado que es mejor darte un día. Este día es tu carta. Así, cuando te acuerdes de mí, cada vez será distinto, hasta que un día sea una gran mentira y pueda convertirse en poesía. Hoy me han dicho que un poema no es más que un hecho cotidiano recordado de manera difusa y que la poesía es buena o mala en función de la habilidad para mentir. Y siempre he creído eso, aunque nunca lo he dicho en voz alta. Creo que nunca has llegado a escribir nada suficientemente bueno porque no te implicas, pero tienes talento. Así que te regalo este hecho cotidiano, para que mientas, para que lo transformes en lo que quieras y que la gente tenga un hálito de esperanza en base a tus mentiras.

Miguel se tomó un tiempo para asimilar el significado de aquellas palabras.

—Y, bueno —siguió Ángel—, también puedes quedarte mis escritos. Haz lo que quieras con ellos.

Miguel continuaba pensativo. Por su cara, se diría que estaba enfadado, pero se notaba que era algo más complicado que eso.

—No sé si abrazarte o darte un puñetazo.

Ángel se encogió de hombros con gracia, y Miguel finalmente terminó entendiendo la comicidad de aquello:

—No sé ni por qué estoy aquí, joder. Eres un…

—Cabronazo, sí.

La inmadurez de Ángel hizo asentir con firmeza a Miguel, como si cogiera las riendas de un negocio familiar. Un inquietante silencio ocupó el salón, el tiempo se acababa y, ante tal complicada situación, solo se les ocurrió reír. Pero las risas no duran eternamente, y la realidad no llama a la puerta ni pide permiso para entrar.

—Oye, y a la chica esta… —dijo Miguel, tragando saliva.

—¿Abril?

—Sí, Abril. Vaya nombre. ¿Te la has…?

—No, no, no. No hagas eso, joder.

—¿El qué?

—Te conozco desde hace un montón de años, y en tu vida me has preguntado eso, así que no vayas por ahí. Si quieres hablar, está bien, pero quiero hablar con mi amigo, y tú no eres él. Habla de lo que quieras, pero sé tú mismo.

—Eso no te conviene.

—Bueno, deja que eso lo decida yo.

Miguel recogió el guante y se acomodó con lentitud mientras dibujaba una astuta mirada, como diciendo «no sabes lo que acabas de hacer».

—¿Por qué?

—¿Por qué?, ¿qué?

Miguel guardó silencio. Ángel resopló con desdén, acababa de comprender la pregunta.

—¿De verdad quieres acabar así? —insistió Ángel, en un vano intento de esquivar el camino que acababan de tomar.

—Así soy yo. Estabas avisado. Insisto, ¿por qué lo haces?

—Eso no importa.

—¿Que no importan los motivos? Los motivos mueven el mundo. Por eso son motivos.

—No te pongas melodramático.

—¿Y qué me queda si no?

Ángel se encogió de hombros. «¿Y yo qué sé?», pensó. Miguel encendió un cigarro y se inclinó hacia adelante.

—¿Sabes? Acabo de caer en la cuenta de que me necesitas más a mí que yo a ti. Así que aquí va mi ultimátum: hablamos de esto o me voy.

—Pues ahí tienes la puerta, no voy a suplicar. No ha sido fácil llamarte, pero has venido. Si ahora quieres irte, pues… —dijo, encogiéndose de hombros.

—Pues ahora no me voy.

—¿Quieres volverme loco? —dijo Ángel, riendo.

Miguel, enfurecido, tiró al suelo de un manotazo varios vasos, ceniceros y demás basura que había en la mesa.

—¡Ya estás loco, joder! ¿No te das cuenta? ¿Que yo te estoy volviendo loco? Tú eres el que me está volviendo loco a mí. Todo este puto día es una locura, ¡coño! —explotó y se levantó, dando pasos cortos y rápidos, tratando de ser racional y comprensivo—. ¿Que sea yo mismo? No he sido yo mismo en todo el maldito día. Si fuese yo mismo, estaría en una esquina, llorando. Pero no, vengo aquí como un gilipollas y te veo haciendo como si no pasara nada.

—¿Qué quieres, Miguel?, ¿que llore?

—Sí, joder. Llora, enfádate, págala conmigo si quieres, yo qué sé.

—Bueno, ya la he pagado bastante contigo, ¿no?

—No me toques los cojones, Ángel. Hay muchos momentos para las bromas, pero este no es uno.

—¿Qué quieres que te diga? —dijo resignado—. No pienso decirte nada para que te sientas mejor. Me pides un motivo porque lo necesitas tú, para dormir mejor, para no sentirte mal por estar aquí. Pero puedes irte cuando quieras, nadie te lo impide. Seguro que si tuviera un cáncer terminal estarías encantado. Como no hay nada que hacer, lo entiendes y lo apoyas.

—¡Pues claro, joder!

—Vale, pues tengo cáncer.

—Vete a tomar por culo.

—¡Pero vamos a ver, llevamos cuatro o cinco putos años sin vernos! He cambiado, tú has cambiado. El puto mundo entero ha cambiado, y las cosas por las que he pasado me las llevo conmigo. Entre todas esas cosas, decidí quitarme la vida. El motivo también se va conmigo, porque ni siquiera quiero que lo entiendas. Igual es por miedo a que no lo entiendas, yo qué sé. Me jode la puta hipocresía del suicidio. O sea, si he violado y matado a una mujer me matarías tu mismo; si tengo cáncer, me compadeces y me acompañas. Pero si quiero hacerlo porque sí, porque me sale de los cojones, entonces, ¿está mal?

—Pues… sí.

—Claro, joder. ¡Qué humano y bondadoso es el mundo! Pues si tanto te preocupas por mí, ¿dónde coño has estado estos años?, ¿eh? Que aquí todo el mundo habla de Ángel el cabrón, pero Ángel se calla la puta boca para que tú duermas mejor. ¿Crees que no sé lo que has estado haciendo? El mundo es muy pequeño, Miguel, y no te equivoques, me alegro por ti de una manera que ni te imaginas. Por eso dejé de llamarte, porque te vi mejor, estabas mejor sin mí. Pero, si ya me has matado en vida, ¿ahora por qué quieres retenerme? ¿Para quedar bien? ¿Delante de quién? ¿De los cuatro gilipollas a los que les lames el culo para que te editen un libro? ¿O para follarte a otra estudiante de Arte con el rollo bohemio?

Miguel no podía soportar la dureza y la sinceridad de sus palabras. Negaba con la cabeza, después de llevarse las manos a la cara para ocultar las lágrimas.

—Esto no es fácil para mí, si es lo que piensas —siguió Ángel—. Pero es mi decisión. Solo quería estar contigo, tomar unas copas, recordar viejos tiempos y sentirme vivo antes de irme.

—Antes de suicidarte —corrigió Miguel.

—¡Sí, antes de suicidarme, joder!

—Pues dilo. Haces como si no pasara nada, como si te fueses de vacaciones a Roma. Dime una cosa, ¿has pensado en mí? ¿Has pensado en la situación que me dejas? ¿En cómo voy a estar después?

—Claro que he pensado en ti, por eso estás aquí.

—¿Cómo?

—Mira, hay algo que la gente no entiende. Quitarse la vida no es fácil, está en contra del instinto, para empezar, pero la familia y amigos están para terminar.

—Claro, somos piedras en el camino.

Ángel ignoró su sarcasmo.

—Toda la gente a la que le he planteado esto, y créeme, no he sido muy claro, solo lo he insinuado, la respuesta ha sido: «¿Qué va a ser de mí?». Y después de sentirme como una mierda por joderle la vida a los demás sin saber muy bien por qué, llega un momento en que te ríes. Después de la risa, caes en la cuenta de que, con risa o sin ella, al final estás haciendo lo que ellos dicen, porque ellos lo dicen. Ojalá hubiera escuchado un «¿estás bien?, ¿puedo hacer algo por ti?». No escucharás

Ángel asintió y se lo puso en silencio.

—Te queda bien —opinó Miguel.

—Es un reloj de viejo, no me jodas.

—Te portas como un viejo, así que te está perfecto.

—Me lo merezco —dijo, sonriendo a la vez que bebía su vino, y alargó el trago todo lo que pudo—. Este reloj no tendrá algún significado, ¿verdad?

Miguel, que estaba llenando su vaso, sonrió con aires de misterio y trató de llenar el de Ángel, que le interrumpió.

—No, creo que ya me toca el *whisky*.

Miguel asintió con firmeza, muy serio. Tembló, ya que ese último trago significaba que era el final, pero lo disimuló lo mejor que pudo. Se levantó y cogió una botella de cristal con un diseño antiguo que estaba en una estantería, junto a varios libros. En otro estante había varios vasos de *whisky* cubiertos de polvo, pero tenían más estilo y Miguel pensó que era lo apropiado. Cogió uno y lo puso junto a la botella. Al lado del *whisky*, Ángel tenía preparado un cuenco pequeño con pastillas molidas. Miguel vertió el contenido en el vaso y se quedó hasta la mitad.

Observó un instante la cantidad de pastillas en el vaso y lo llenó con todo el *whisky* que pudo, hasta el borde. Cerró la botella con el tapón de cristal, apagó la luz y dejó encendida solo la del flexo del escritorio. Colocó el vaso frente a Ángel y se sentó. Su amigo tomó una bocanada de aire y se esforzó por espirar lentamente, tratando de calmar los nervios. Tomó el vaso y agitó el interior con el meñique. Miguel se sentó y alzó su propio vaso, temblando. Ángel alzó su vaso y dirigió su mirada afable a los ojos de Miguel, que le devolvió una mirada triste, de despedida, de incomprensión cómplice.

El salón estaba en completo silencio, bebieron sus copas con la mirada puesta el uno en el otro. Ángel tragó con dificultad y se estremeció, apretó las manos contra el cojín del sofá y volvió a beber de una lata de cerveza semivacía que había en el suelo. Miguel encendió apresurado un cigarro y se lo dio.

—Gracias —dijo Ángel, con voz ronca, antes de dar una calada de medio cigarro—. Gracias, joder.

—¿Estás bien?

—Sí, por ahora sí.

—Bien, ¿necesitas algo?

—No, solo… que estés aquí.

—Tranquilo, no me voy a ningún sitio. Pero si quieres algo, pídelo. Agua, tabaco, música…

Ángel se acomodó en el sofá y estiró los brazos, como si quisiera relajarse. No engañaba a nadie, pero Miguel no iba a destapar su mentira.

—Algo de música estaría bien —dijo finalmente.

Miguel desbloqueó el móvil y buscó música en él.

—Oye, ¿tú no…? —dijo mareado Ángel, que dejó caer la cabeza hacia el pecho, como si le pesara—. ¡Buff!, joder…

—¿Estás bien? —preguntó Miguel mientras se levantaba preocupado e iba junto a él.

—Sí, sí. Es que me ha dado un mareo y se me está erizando el pelo —dijo, frotándose los brazos con torpeza.

—¿Quieres tumbarte?

—Va a ser lo mejor.

Miguel le ayudó a acostarse en el sofá y lo tapó con una manta. Ángel dio una calada al cigarro y él se lo quitó, ya que estaba casi en la boquilla, y lo dejó en el cenicero. Le acomodó los cojines en la cabeza, como si de una madre preocupada se tratara, con soltura y delicadeza. Ángel agradeció el gesto y Miguel le quitó el pelo de la cara, le dio una palmada en el pecho y se volvió a sentar.

Para cuando tomó asiento, a Ángel ya le costaba encontrarse a sí mismo y hablaba con dificultad.

—Oye, mejor no pongas música —dijo agotado a Miguel—. ¿No aprendiste a tocar la guitarra en Málaga?

—No, al final hice de todo, menos tocar la guitarra —dijo extrañado ante la curiosa pregunta que le confirmó que Ángel de verdad le apreciaba, y no supo verlo.

—Tengo una guitarra ahí detrás de la puerta. Cógela y toca algo suave. Un punteo o algo.

—Te acabo de decir que no aprendí.

Ángel se acurrucó y se estremeció de frío. Abría y cerraba los ojos con lentitud, mientras el resto de su cara gozaba de plenitud mental.

—Miguel, tú fuiste a Málaga y aprendiste a tocar la guitarra, ¿verdad? Tengo una por. ahí, cógela y... —repitió.

Lo siguiente que dijo no se entendió, pero Miguel asintió extrañado y con buen recibimiento a la oferta. Casi podía ser divertido.

—Vale, vale. Voy a por la guitarra.

—Gracias. Está ahí, detrás de la puerta —repitió.

Miguel cogió la guitarra y volvió a sentarse. Se la ajustó y tocó con torpeza las cuerdas para comprobar el sonido.

—Bien, ¿qué quieres que toque?

—Esa que sabes tú, esa de... con ...mpetas y esa mierda —dijo con una voz sedada, por lo que solo entendió el final de la frase.

—Vale, Ángel, creo que sé cuál dices. Pero tienes que cerrar los ojos.

—No, joder, quiero ver cómo tocas —pidió con un sobreesfuerzo—. Nunca te he visto.

—Ya, pero me da vergüenza. Ya sabes que tengo miedo escénico.

—Ya, joder, pero… —suspiró—. Vale.

Ángel cerró los ojos con burla, poniendo de manifiesto su descontento, pero feliz al mismo tiempo. Miguel aprovechó que su amigo tenía los ojos cerrados y puso en su móvil *It's been a long, long time*, tocada por Les Paul en un solo de guitarra.

Ambos escucharon en silencio. El salón acompañaba a las notas, y tanto Ángel como él mismo permanecieron quietos como estatuas. Poco a poco, la figura de Miguel se desvaneció, ya que nunca estuvo ahí. Ángel, que descansaba bocarriba en el sofá, se incorporó y se sentó frente a la mesa del salón. En la mesa había *whisky*, pastillas, una luz lejana de flexo, un papel y un bolígrafo. Con indecisión, sostuvo el bolígrafo y comenzó a escribir:

> Dicen que el mundo se divide en lo que pudo haber sido y en lo que no pasó. Son gilipolleces. El mundo se divide en lo que quieras que pase y en lo que evitas que pase. En el fondo, sabes las consecuencias, siempre sabes lo que podrá pasar. La duda es si beneficiará o perjudicará, y eso solo lo saben los valientes. Los cobardes viven la incertidumbre infinita. Luego, están los tipos como yo, que saben lo que pasará, saben que les beneficiará, pero no actúan por orgullo. No seáis como yo.

Cogió el vaso de *whisky* mezclado con pastillas, y alzó la copa.

—Brindo por ello —dijo en voz alta, como si Miguel pudiera escucharlo. Como si Esther, sus padres, cada Abril, Damián o Margarita que había pasado por su vida pudieran escucharle. Él así lo sentía, ya que aquel escrito era para ellos, para el mundo. Era un dramaturgo, ¿qué iba a hacer si no? Solo sabía contarle al mundo las mentiras que querían escuchar, pero esa vez contó la verdad. Era su obra maestra.

Con los ojos rojos y vidriosos, ladeó la cabeza y se acercó el vaso a la boca. Lo quitó y agachó por un segundo la cabeza. La volvió a levantar, en un vano intento de parecer fuerte y orgulloso. Hizo un amago de llorar, pero lo contuvo, sonrió y, acto seguido, se puso serio. Sostuvo el vaso frente a él, suspiró y de nuevo sonrió. Apretó los labios y volvió a suspirar y reír. No podía tragar aquel brebaje y pensó en escribir algo más, pero aquellas fueron sus últimas palabras escritas. Lo que pasó en aquel salón quedó entre sus cuatro paredes, su orgullo y su *whisky*. ¿Cómo podría contar la verdad? Entonces, no sería poesía, ¿no?